ŒUVRES DE PAUL FÉVAL

PIERRE BLOT

ALBIN MICHEL, ÉDITEUR

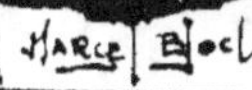

PIERRE BLOT

SEULE EDITION DES ŒUVRES DE
PAUL FÉVAL
SOIGNEUSEMENT REVUE ET CORRIGEE

PAUL FÉVAL

PIERRE BLOT

SEULE ÉDITION REVUE ET CORRIGÉE

ALBIN MICHEL, ÉDITEUR
PARIS — 22, RUE HUYGHENS 22 — PARIS

PRÉFACE-ANECDOTE

LE DENIER DU SACRÉ-CŒUR

> ...Elle s'élèvera dans la ville coupable et châtiée comme une amende honorable sur le lieu d'un crime. Elle repoussera les dangers du présent, elle servira de leçon pour l'avenir. Ce monument de foi apprendra à nos neveux nos malheurs, notre repentir, et, s'il plaît à Dieu, notre délivrance...

I

Jean était debout en haut de la butte. On l'aurait pu prendre d'en bas pour la statue de la maigreur, sans ses grands bras qui gesticulaient. A cette même place, autrefois, l'ancien télégraphe de Montmartre gesticulait aussi; puis on avait élevé là une tour en plâtre qui s'appelait Malakoff, Solférino, ou je ne sais quoi d'autre. Le temps dont je vais parler n'était pas à la mémoire des noms victorieux.

Maintenant il n'y avait plus rien à ce sommet de Paris, sinon les vestiges de quelques talus en terre élevés à la hâte. trois ans auparavant, pour mettre en batterie les canons de la Commune. Nous étions à la fin de juillet 1873.

Je crus d'abord que Jean parlait tout seul : cela lui arrivait quelquefois, quand il n'avait personne à qui parler; mais à mesure que je gravissais la rampe, je pouvais me convaincre qu'il avait au moins un interlocuteur, car j'entendais une autre voix répondant à la sienne. Cette voix était joyeuse et bonne, quoiqu'elle trahît une lassitude et peut-être une souffrance. Elle disait, au moment où je commençai à distinguer les paroles prononcées :

— Il y a déjà bien des gens qui viennent voir, depuis que la loi a été présentée. Il paraît que l'église sera ici-même où nous sommes. Voyez-vous la lanterne du Panthéon, tout là-bas, au-dessus des tours de Notre-Dame?

— Oui, repartit Jean. C'est-à-dire... ne nous vantons pas : je ne vois que le brouillard; mais je sais qu'elles doivent être là, les tours et la lanterne.

— Eh bien, reprit l'autre voix, ici, derrière vous, à droite de ces fortifications pour rire qui envoyèrent M. Thiers et ses vaillants ministres jusqu'à Versailles, voici la place du maître-autel, dont la première marche sera juste à la hauteur de la croix de Sainte-Geneviève. Et, quand le prêtre officiant se tournera pour dire aux fidèles : « Que le Seigneur soit avec vous », le souffle de sa bénédiction réchauffera tout Paris, qui est, dit-on, le cœur malade de la France.

La main de Jean se tendit, sans doute pour presser une autre main, et je distinguai l'émotion de son accent quand il demanda :

— Vous avez prêché la parole de Dieu, mon frère?

— Non, jamais, lui fut-il répondu. Avant d'être une bouche inutile dans notre ordre, j'apprenais à lire aux petits enfants de ceux qui ont fusillé les deux généraux, ici près, dans la basse-cour de l'académicien.

A ce moment-là j'arrivai sur le tertre, et je vis celui

avec qui Jean s'entretenait. C'était un frère de la Doctrine chrétienne, dont les traits réguliers et doux, mais maladifs, dénonçaient une longue lutte contre la souffrance. Il était assis, voilà pourquoi je ne l'avais pas tout d'abord; son siège était le revers même de l'épaulement, presque nivelé, et qui faisait l'effet d'un petit banc de gazon chauve où l'herbe aurait été tuée par la poussière. Auprès de lui reposaient une mauvaise béquille et un livre de piété, habillé de vieux drap.

Il n'y avait point de bras dans la manche droite de sa robe. Il paraissait âgé d'une trentaine d'années tout au plus.

— Voilà, me dit Jean, une bonne connaissance que j'ai faite, pour ma peine d'être arrivé le premier. Le cher frère est un invalide du siège. On l'amputa au bois de Vincennes, en plein air, par douze degrés de froid, pendant qu'on dépiquait la tente de l'ambulance, après le combat de Champigny. Il s'était avancé de trop, pour relever un officier des mobiles d'Ille-et-Vilaine tombé sur le plateau, et il eut trois balles en revenant : deux qui lui broyèrent le bras, une qui lui cassa le genou, comme il se retournait pour montrer sa croix internationale.

Le frère me rendit mon salut attendri et dit :

— Le genou donne bien du mal au médecin de notre maison mère, mais je n'avais pas marché trop loin, puisque j'arrachai mon sous-lieutenant et qu'il se porte bien, Dieu merci. Il était jeune, jeune; il appelait sa maman. Un bon petit cœur! Il m'a écrit jusque de Bretagne pour avoir de mes nouvelles et m'annoncer son mariage... Ah! j'étais fort en ce temps-là! Je l'avais sur mes épaules quand j'attrapai mes trois coups de fusil. Je me dis :

« Tiens dur! le bon Dieu est là. » Le genou me faisait tant
de mal que j'en pleurais comme un lâche; mais c'est égal,
je me traînais encore assez vite, car je rejoignis le batail-
lon, et je ne dégrafai mon petit Breton que quand je
tombai tout à fait, — en dedans du rang.

Un peu de sang était revenu à la pâleur de ses joues,
et il souriait. Jean s'assit auprès de lui et dit :

— Ça vaut pourtant bien la peine d'être raconté au
long, cette histoire-là; allez, mon frère, on vous écoute.

Mais le frère répondit :

— Il n'y a pas autre chose; j'ai tout dit.

Le temps était très chaud, malgré l'heure matinale.
Nous nous étions donné rendez-vous, Jean et moi, de si
belle heure sur la butte pour éviter le grand soleil en visitant le lieu qu'on disait choisi par Mgr l'archevêque de
Paris pour édifier sa grande basilique du Sacré-Cœur. On
en parlait beaucoup, à cause du vote de l'Assemblée. Il se
trouvait que l'église du Vœu-National allait précisément
remplacer les fortifications improvisées par la révolte. A
ces hauteurs d'où l'insurrection faisait pleuvoir naguère
le fer et le feu sur la capitale de la France, l'homme de
Dieu, le pasteur héritier de tant de martyrs avait reçu
mission de planter le drapeau d'éternelle paix. De ce
faîte, déjà sanctuaire au temps des barbaries païennes et
tout rayonnant de l'héroïsme chrétien, où saint Denis
était mort vainqueur des idoles, où saint Ignace était
né au plus grand apostolat des temps modernes; de cette
montagne souillée par les autels de Mars et de Mercure,
mais rachetée par la prière, mais glorifiée par le sang, un
temple allait surgir au commandement du saint évêque,
immense croix d'un nouveau calvaire, étendant ses bras

pour enserrer à la fois Paris, la France, l'Europe et l'univers.

Et c'était au lendemain de l'effrayante débauche menée
par la haine, que cette pensée d'un prince de l'Eglise,
consei'lé par la miraculeuse voix du Sauveur, tombait
dans la bonne terre comme une semence féconde, y ger-
mait invisible encore, mais préparait déjà l'enfantement
plein de gloire d'où l'OEuvre, symbole de nos espoirs
surnaturels, allait s'élancer et fleurir.

Je me souviens que, sous le règne de Louis-Philippe,
alors que la carmagnole des charlatans tourbillonnait en
tempête dans ce pauvre Paris, affolé de révoltes pseudo-
littéraires, de révolutions industrielles, de religions athées
et de mille autres infirmités tragiques ou grotesques, au
temps des Saint-Simoniens, de Fouriéristes, des Jeunes-
Templiers et de Jérôme Paturot, une pensée se fit jour qui
sembla grandiose à beaucoup de braves gens. Un artiste,
M. Préault, proposa de *sculpter* la butte Montmartre.
Pour en faire quoi? Je ne sais plus au juste, mais je crois
bien qu'il s'agissait de représenter soit une dame coiffée
d'un bonnet phrygien, soit un empereur couronné de
laurier : Napoléon ou la Liberté. Notre siècle n'a su adorer
que le canon et la hache.

J'ai cité le projet du colossal statuaire, non point pour
en rire, il y a beau temps que je ne ris plus de rien, mais
pour montrer à quelle hauteur la religion plane au-dessus
même de l'impossible. La croix tient véritablement le
rêve sous ses pieds.

Le catholicisme ne sculpte pas les montagnes pour en
fabriquer des jouets monstrueux, mais il exhausse encore
les plus hauts sommets, tout en les faisant accessibles; il

y bâtit des tours qui ont leurs fondements dans les entrailles du sol; il les surmonte du symbole de pardon, opposant la belle contagion de ses tendresses aux épidémies de la haine.

Et il emplit ces maisons de lumières si vives que leurs murailles, pénétrées de splendeurs, éclatent comme des phares, portant partout le rayon grâce auquel les âmes égarées trouvent leur route à travers la nuit de l'humanité.

II

Ce que je viens d'exprimer, j'étais fort éloigné de le
ressentir au mois de juillet 1873. La pensée dont Mgr Guibert s'était fait le promoteur avait été accueillie avec
transport dans le monde catholique, mais je ne faisais
point encore partie de ce monde, sinon par l'attrait assez
vague de mes souvenirs et de mes instincts. J'étais un
chrétien de théorie et de poésie, arrêté par je ne sais quc.
au seuil de l'Eglise : en dehors.

J'en connais comme cela une innombrable multitude.
Entre tous, c'est pour ceux-là qu'il faut prier.

L'expiation monumentale, préparée par l'archevêque
de Paris, m'apparaissait comme un très grand poème.
J'étais bien forcé d'y mettre de la religion, mais j'y sou-
haitais surtout de l'art. J'avais pris la peine de chercher le
prophète qui taillerait en versets de pierre la majesté de
ce psaume de notre pénitence. L'homme très habile et très

actuel qui a bâti l'Opéra me hantait et me gênait. Quoi qu'on fasse, M. Ch. Garnier aura exercé sur son temps une réelle influence, assez malaisée à définir. Il me faisait peur, et tout autre aussi à cause de lui. Vous voyez que j'allais fort en avant des respectés zélateurs de l'œuvre : la mouche est rarement derrière le coche.

Je ne crois pas que M. Garnier ait fondé une école, mais le nuisible troupeau des imitateurs flaire sa vogue à l'unanimité et ramasse tout ce qui peut tomber de lui. Il n'est ni chrétien, ni païen, ni romain, ni grec; c'est un nabab d'Assyrie, faisant à la fois grand et petit et concevant des mièvreries babyloniennes, exagérées par de prodigieux accessoires. Cela plaît incomparablement.

Pour moi, Nabuchodonosor, changé en bête, rôde sous le péristyle de cette Bourse de la sensualité, l'Opéra, type du gigantesque en miniature, bazar excellent, à tout prendre, pour les marchandages d'art, de métier, de honte, de gloire, de plaisir et de ruine qui font vivoter notre temps. Je l'ai dit : c'est ACTUEL, et souvenez-vous que, depuis deux ans, l'illustre escalier, chef-d'œuvre du genre satrapien, fait vingt mille francs de recette tous les soirs. Paris le grimpe à quatre pattes, comme Nabuchodonosor.

Il est donc convenu que Paris et moi nous aimons cette Niniverie montée, plus curieuse que toute autre chose maçonnée de nos jours. Seulement, Paris n'en a pas crainte, et moi, elle me fait trembler pour les autres palais et même pour les cathédrales. En ce siècle d'effrénée singerie, où la main est si preste et la pensée si lourde, quelque architecte à la suite peut introduire ses doigts dans la poche de M. Garnier et y prendre, je le redoute, un plan qui doit y être parmi d'autres chefs-d'œuvre : le plan de la pagode de Balthazar.

Veuillez me comprendre : ma volonté n'est point de dire que le talent hors ligne de l'auteur de l'Escalier soit incapable de dessiner une voûte chrétienne; je crois tout le contraire et ne parle que des imitateurs, gens de maraude qui changent l'or volé en gros sous. A tort ou à raison, j'avais ce cauchemar de voir pendre au sommet de Montmartre ce qu'ils appellent « une idée », quelque chose de neuf, de *trouvé*, peut-être même quelque chose d'ORIGINAL, en un mot une église ACTUELLE! Et comme je me souvenais du fabuleux devis de l'Opéra qui émerveilla Paris presque autant que l'Opéra lui-même, je me demandais où notre archevêque découvrirait la mine d'or susceptible de remplacer l'Etat qui paye volontiers les frais des opéras, mais non point ceux des basiliques.

J'étais donc un peu de l'opposition, comme il arrive à tout mauvais paroissien. La future église du Sacré-Cœur me paraissait superbe comme déploiement de drapeau, utile comme protestation, éloquente comme cantique ou prière, mais je lui trouvais couleur de luxe et parfum de témérité.

Jean me disait : « Ne juge pas, tu es trop loin de l'autel. Si présomptueux que tu sois, aurais-tu la fantaisie d'éplucher le style d'un poème écrit en une langue qui te serait inconnue?... »

Confusément, je sentais qu'il était dans le vrai et que le compas me manquait pour mesurer ces choses, mais je gardais mon opinion. Il en faut une.

III

Le frère ignorantin, pour lui donner ce nom si beau
dont l'ingratitude publique a presque fait une injure,
n'appartenait plus à aucune école de quartier. A la maison mère où il vivait retiré, par suite de ses blessures, on
adoucissait pour lui les sévérités de la règle, et il avait
permission de venir à Montmartre les jours de bon soleil :
comme il nous l'avait dit, sa jeunesse s'était écoulée ici;
avant la guerre, il apprenait à lire à ces chers, à ces pauvres petits sauvages de la ville ouvrière qui n'entendent
jamais le nom de Dieu que dans le blasphème. Il les avait
aimés tendrement et revenait les voir. Dans ces terrains
de la butte qui ont été, depuis lors, bouleversés par de si
grands travaux, il trouvait encore la solitude; il s'asseyait
sur l'herbe, il lisait un peu dans son livre couvert de drap,
il priait beaucoup et rassemblait parfois les enfants errants
pour leur dire une belle histoire. Il savait très bien que

sa vie terrestre était condamnée, il ne s'en vantait pas, mais cela répandait une gaieté parmi sa patience.

Il connaissait sa butte sur le bout du doigt et nous en fit les honneurs. Il vint, appuyé sur sa béquille, jusqu'au bord du promontoire qui surplombait le champ de glaise où passe maintenant le nouveau boulevard. De là, nous dominions, sur notre droite, la ville étoilée de merveilles monumentales; de face, les faubourgs de misère; à gauche, la plaine, marquée à son centre par la flèche de Saint-Denis, Puis, c'était la banlieue industrielle, tout échevelée de vapeurs, les vertes oasis de Saint-Ouen, Enghien, tache grise où la spéculation, les annonces et la politique cultivent leurs petits apanages, bien serrés autour d'un lac encore plus profond que le bassin du Palais-Royal. Et au delà de tout cet ennui qui peine si désespérément à se divertir, la forêt, une vraie forêt tapissait le lointain des collines, montrant à notre purgatoire de Paris le paradis de la campagne française.

Le frère nous détailla ce panorama en quelques paroles d'une extrême simplicité, mais dont chacune était un coup de pinceau. Jean n'avait pas souvent envie de voir. Il était très myope et ne s'en inquiétait point. Jamais je n'ai rencontré d'homme moins curieux de ce qui se regarde. Comme il voyait assez de choses attachantes au dedans de lui-même, il s'était habitué à croire les objets extérieurs sur la parole d'autrui.

Mais aujourd'hui, je ne sais ce qui le prit, il s'empara de mon binocle et regarda au travers. Je pense qu'il put voir quelque chose du paysage où le soleil éclatait partout, mais je suis sûr qu'il vit quelque chose au delà des bornes du paysage, car il s'écria :

2

— Il peut y avoir un voile sur la conscience d'un peuple comme sur les yeux d'un homme, et voilà le miracle que doit accomplir le vœu national de pénitence!

Il regarda encore un instant avec la surprise incrédule des enfants, puis il me dit, craignant de n'avoir pas été compris :

— C'est assurément une figure très frappante et très grande, quoiqu'il s'agisse, au fond, d'une simple paire de lunettes. Imagine-t-on quelque chose de plus beau qu'un remède apporté à la myopie des esprits et des cœurs? Moi je ne savais même pas que je ne voyais point. J'entendais les autres voir; cela passait sur moi comme chose indifférente. Et note que je ne me plains point d'avoir regardé Dieu en moi-même sans trop observer les spectacles qui sont la splendeur matérielle de son œuvre. Peut-être les devinais-je aussi beaux que vous les admirez, et plus beaux. La question n'est pas là. Pour vous, ces choses étaient présentes, pour moi elles n'existaient pas, soit que je les eusse oubliées, soit qu'elles ne me fussent réellement point connues, c'est tout un. Il a suffi d'un rond de verre pour me les créer. Ah! je raconterai cela à Saint-Sulpice et je parlerai du Sacré-Cœur.

Je lui proposai de garder mon lorgnon, mais il me le rendit vivement, comme s'il n'eût point voulu abuser de ce prodige.

— Que ce soit un verre, me dit-il, un fait, une parole, qu'importe? L'œil aveugle de l'homme peut être dessillé, voilà ce qui est certain. Je pense à ceux qui souffrent, à ceux que le brouillard du découragement enveloppe, à mes ouvriers que les ennemis de Dieu harcèlent en leur jetant le fatal bandeau sur la vue... Je te dis que c'est

grand, et la bonté de la Providence est au plein de mon
cœur. La maison du Vœu sera le télescope dressé sur la
hauteur, et grâce à elle, nos yeux verront tout à coup au
delà des barrières du mensonge...

Le frère allait en avant de nous comme un cicerone.
Il s'arrêta auprès d'un petit pan de muraille, protégé par
quelques planches, et dit :

— C'est ici.

C'était à l'entrée de la propriété de feu M. Scribe, l'auteur dramatique qui célébrait les profits de son génie dans
la langue de Virgile, ayant pris pour enseigne une plume
avec ces quatre mots qu'il croyait latins : *Inde fortuna et
libertas :* fort galant homme du reste, qui avait droit
d'avis, en sa qualité d'académicien, pour fixer la langue de
Bossuet. C'est drôle.

Le frère ayant écarté une planche, nous montra l'endroit où les généraux avaient été fusillés.

— J'étais là, nous dit-il, entouré de ces malheureux en
délire. Ils me tenaient prisonnier. Je les connaissais presque tous; je fais encore l'aumône à quelques-uns : ce ne
sont pas ceux qui frappent qui tuent. La pensée homicide
est derrière eux.

Nous dîmes tous les trois un *de profundis* pour ces répu-
blicains massacrés par la république. Peut-être que Dieu
avait visité leur dernière heure. C'était de la tristesse
morne qui pesait sur nos poitrines. Il n'y a rien par delà
les supplices des Girondins, sauf cette chose moqueuse
qui moisit entre les feuillets des livres et qu'ils appellent,
sans rire, la gloire... la gloire des Girondins!

Quelques jours auparavant, je m'étais agenouillé sur la
terre de la rue Haxo, et mon cœur avait fondu en larmes.

Ce n'était qu'un pauvre mur comme ici, écorché par des balles, mais un souffle animait pour moi la solitude misérable du lieu. Il y avait là de cette autre gloire qui est le contraire de la gloire des Girondins et qui est la Gloire. Le jésuite Pierre Olivaint et ses compagnons étaient tombés dans cette poussière désormais sacrée, en chantant le cantique des grandes allégresses, et le divin martyr, Jésus, fils de Marie, présidait à cette fête de propitiation... Olivaint! doux esprit, large cœur, charité splendide, soldat, ô cher soldat des pacifiques violences! Je m'approchais déjà de la bonne route, car mes larmes étaient de joie. Une mort comme la tienne, longtemps implorée, abondamment méritée, vaut des trésors de pardon, et ton dernier soupir, bien-aimé père! rachète à la fois les Girondins et leurs bourreaux.

IV

On connaissait depuis vingt-quatre heures le vote de l'Assemblée; à mesure. que Paris s'éveillait, quelques curieux allaient et venaient sur la butte, causant de la basilique à naître. Les groupes se rassemblaient autour de la clôture qui protégeait le puits unique, ouvert depuis peu, et au moyen duquel on avait entamé les opérations de sondage. Il se faisait déjà des récits surprenants touchant les difficultés qui seraient à vaincre avant même de savoir si la construction du monument en ce lieu était une œuvre possible. Le frère nous dit que des gens, très entendus, appartenant à ia rédaction de divers journaux bien informés, avaient gravi la montée tout exprès pour affirmer que le projet était impraticable. Ils en déduisaient les raisons qui étaient du meilleur acabit. L'absurdité de l'entreprise leur donnait beaucoup de contentement. Certains disaient que, vu la nature bien connue du sol, l'édifice, au bout d'un peu de temps, rentrerait en terre comme une longue-vue dans son étui, d'autres pronostiquaient qu'un beau matin, après une nuit de pluie, la basilique se mettrait en marche comme les vaisseaux qu'on lance du chantier à la mer et s'en irait tout majestueusement écraser le quartier de Notre-Dame de Lorette.

Jean écoutait le frère, qui racontait ces choses assez gaiement. De temps en temps il me regardait avec défiance, et je voyais dans ses yeux qu'il me soupçonnait de quelque complicité, sinon avec ces messieurs de la presse avancée, du moins avec les chrétiens *pratiques*, qui ne mettaient le pied qu'en tremblant sur ce brûlant terrain du Sacré-Cœur.

— Sais-tu si M. Thiers a voté pour le projet de basilique? me demanda-t-il tout à coup.

— Non, répondis-je; mais cela ne m'étonnerait point, car, sous l'Empire, il votait avec les catholiques dans les questions qui intéressaient le Pape et son pouvoir temporel.

— A telles enseignes qu'il eut à ce sujet une discussion historique avec M. Barthélemy Saint-Hilaire...

— Tu m'as déjà raconté cela, dis-je, c'est apocryphe.

— Quoi donc? demanda le frère.

— Apocryphe! apocryphe! s'écria Jean; jamais M. Thiers et son fidèle ne se sont bien disputés que cette fois-là... Figurez-vous, mon frère, une querelle de ménage! M. Thiers n'était pas le plus fort. Aux reproches de son excellent ami qui l'accusait de lâcher décidément la libre pensée, il opposa d'abord sa bonne humeur qu'on dit inépuisable dans l'intimité, mais enfin, poussé à bout, il s'écria :

— Eh bien, je l'avoue : personnellement, je n'ai rien contre Dieu.

— *Il le sait bien!* repartit douloureusement M. Barthélemy Saint-Hilaire, et voilà ce qui l'encourage!

Jean disait très bien cela, et j'avais ri de tout mon cœur la première fois qu'il m'avait raconté son histoire, probablement inventée, mais à laquelle ne manquait point une vague couleur de vraisemblance. Le frère, cependant, garda son sérieux, soit qu'il n'eût point compris, soit que la plaisanterie lui parût exorbitante.

Jean poursuivit en s'adressant à moi :

— Ce n'est pas que je te fasse ce cadeau de te comparer à M. Thiers, mais tu es un peu de cette religion-là. Cette phrase d'aspect si comique : « personnellement, je n'ai rien contre Dieu », est l'expression exacte et même flattée de l'état honorablement modéré où dort la pensée du monde *pratique*, dans sa sphère la plus intelligente, et tu es dans ce monde-là. Je ne suis pas sans savoir un certain gré aux gens qui ont été au lycée et qui gardent cette neutralité bienveillante vis-à-vis de Dieu. C'est gentil de leur part. Toi, par exemple, ton opinion de milieu est tout à fait décente et propre; si tu crains les « cléricaux », c'est dans l'intérêt de Dieu, et tu as trouvé, pour préserver l'Eglise de Dieu, cet ingénieux moyen de la mettre dans une armoire.

Pourtant, arrange cela si tu peux; cette idée très cléricale du vœu de la France t'inspire une manière d'enthousiasme. Tu as même pris la peine d'inventer le mot qui l'applaudit sous toutes réserves; tu dis : « C'est une *sublime imprudence!* » Et cette formule conciliante permet à ton cœur de battre sans que ta tête perde rien de son estimable prud'homie.

Plus tard, tu regarderas avec reconnaissance et curiosité ces jours de transition où tu étais déjà entouré bien véritablement et baigné par la vertu de la croix, mais où tu pouvais encore t'en retirer à volonté et en sortir parfaitement sec. Ceux qui t'aiment et qui appellent sur toi le rayon d'en haut, avec une ardeur patiente, s'effrayent plutôt qu'ils ne se réjouissent de ce semblant de foi en quelque sorte littéraire et factice où ton imagination entre, séparée de ton âme, et qui te laisse tous les symptômes de l'indifférence, y compris même le plus caractéristique : la poltronnerie, déguisée en sagesse; mais moi qui ai passé par ce chemin, je te vois aller et j'espère...

Ce fut l'anecdote de M. Thiers qui introduisit notre causerie au centre même de la question de la basilique. Le frère était beaucoup plus ferré que nous sur les origines du vœu. Il avait assisté à la séance des comités catholiques du 5 mai 1872, où la naissance de l'œuvre avait été rapportée d'une façon si émouvante. Le frère nous dit ce qu'il avait entendu, et c'est d'après lui que je parle.

C'était à l'heure la plus cruelle de nos désastres. Un chrétien isolé et volontairement inconnu reçut ce rayon dans la nuit de son âme, navrée par l'immense malheur de la patrie. Ce chrétien était exempt de colère au point d'avoir foi dans la bonne volonté du dictateur qui usurpait alors le gouvernement de la France. Il ne mettait point en doute son patriotisme, mais il le voyait, comme tout le monde, lamentablement inférieur à sa tâche, disperser nos suprêmes ressources, paralyser nos soldats,

annihiler nos généraux et redoubler de forfanterie à
mesure que son impuissance pesait plus cruellement sur
l'agonie de son pays. Tout était désespéré; Bourbaki tombait dans l'Est au bruit de l'orgie garibaldienne; Chanzy
n'avait plus 'e soldats. La plus vaillante nation du monde
râlait son dernier soupir... Le chrétien inconnu, tout seul
et sans mission, usurpateur aussi, agenouillé aux pieds
d'un crucifix dans une chambre d'hôtellerie, voua cette
ruine si chère au cœur très sacré de Notre-Seigneur Jésus.

Oh! certes, pour une multitude de gens que je n'ai
point à blâmer, moi qui partageais hier une partie de leurs
timidités, il y a là de quoi sourire. Que Dieu éclaire seulement ceux qui sont encore aveuglés par le bandeau qui
était sur mes yeux! Il faut prier ardemment, pardonner
du fond de l'âme, aimer surtout, aimer ceux-là mêmes
qu'on est obligé de combattre. Telle est la loi : Nous
entrons dans cette immensité d'amour où les hommes se
réconcilieront, parce qu'elle est le Cœur de Dieu!

Le chrétien, l'inconnu qui n'a pas voulu donner son
nom à son œuvre pria et vit une lueur au-dessus de lui-
même. Comme son isolement lui pesait, il se confia à une
âme sœur; ils furent deux chrétiens pour conspirer la
délivrance, et ils ouvrirent leurs consciences à Mgr Pie,
l'éloquent évêque de Poitiers, qui bénit la belle folie de
leurs espoirs.

Et ils travaillèrent, et ils furent dix; un saint religieux
de la Compagnie de Jésus, le P. Ramière, les conseilla et
les guida; Mgr Guibert, alors archevêque de Tours, les
encouragea de sa parole bénie, et je ne sais comment, par
toute la France, où les communications étaient alors si

difficiles, l'idée se propagea comme une traînée de grâce.

Nos armées ne furent pas victorieuses :

M. Thiers ne porta point la persuasion dans l'esprit des souverains étrangers, dont aucun ne nous tendit la main; tout ce qui était de la terre nous manqua ; la France reçut la suprême blessure; on la mutila... — Et cependant, elle est vivante, j'allais dire ressuscitée; que le Cœur divin soit glorifié!

V

Dans l'esprit des fondateurs c'était une œuvre d'expiation. Il y avait des siècles que Paris et la France oubliaient Dieu. La basilique allait porter le témoignage de résipiscence... « Elle s'élèvera, fut-il dit, dans la ville coupable et châtiée, comme une amende honorable faite sur le lieu d'un crime. En même temps, elle repoussera les dangers du présent, elle servira de leçon pour l'avenir, elle apprendra à nos neveux nos malheurs, notre repentir, et, s'il plaît à Dieu, notre délivrance. »

Il fut dit encore : « En nous éloignant du Seigneur, nous avons vu la vie se retirer de nous : puissance, énergie, dévouement, habileté, tout a disparu avec la foi. Revenons puiser notre vie sociale à sa véritable source. au cœur de Jésus-Christ, d'où est sorti le sang qui a régénéré le monde... »

« Le Christ aime les Francs! » s'écriait à quelque temps

de là le P. Monsabré dans la chaire de Notre-Dame; « il
les a abreuvés de gloire : gloire de la législation, de la
magistrature et des armes; gloire de la science, des lettres
et des arts; gloire du dévouement; gloire de l'apostolat;
gloire de la sainteté.

« Le Christ aime les Francs! il les retire du péril de
mort : Tolbiac, Poitiers, Bouvines, Orléans, Denain sont
des noms de gloire. Quand la valeur des hommes ne
répond plus à la grandeur du péril, notre divin ami
suscite une jeune fille pour brandir l'épée de saint Louis,
et Jeanne d'Arc, par le Christ, recouvre le royaume de
France...

« Le Christ aime les Francs! Il n'a point permis qu'ils
fussent détachés comme tant d'autres peuples du corps de
son Eglise (1) par le schisme et l'hérésie; il a donné à
leurs rois le titre de Très Chrétiens, il a donné à leur
France le nom de Fille aînée de l'Eglise.

« Le Christ aime les Francs et la France. L'Epoux de
l'Eglise aime la Fille aînée de l'Eglise. L'Eglise souffre,
la France est malade. Quand cette fille généreuse et vaillante pouvait tenir une arme, le Christ lui disait « Défends
ta mère »; aujourd'hui, ô Christ. Epoux de l'Eglise, armez
votre propre bras! La France, votre fille pécheresse, ne
pouvant plus tenir le glaive, fait appel à l'honneur de
votre nom et à l'amour de votre cœur : *Christo ejusque
sacratissimo Cordi Gallia pœnitens et devota...*

« ... Celui qui ressuscite les morts ne peut-il nous
rendre la vie? Nous lui dirons : « Seigneur, si vous aviez

---

(1) Je crois devoir demander pardon à l'illustre orateur pour
l' « à peu près » de cette citation qui a passé à travers la défaillance
de deux mémoires.

« été là, l'épouse immortelle ne serait pas captive et sa
« fille ne serait pas morte! » Il nous répendra de sa douce
voix : « La France, notre fille, n'est pas morte, elle n'est
qu'endormie. » Et s'adressant aux misérables restes de la
grande nation : « France! dira-t-il, lève-toi, viens dehors!
Gallia, veni foras... » Et voilà la glorieuse morte debout,
ressuscitée par l'amour; la voilà qui se repent, la voilà qui
se voue au Christ et à son cœur pour toujours... »

Le texte même de ces paroles était bien plus haut et
bien plus beau, et je me souviens qu'il rattachait le Vœu
National au plus cher espoir de tous ceux qui aiment la
France : à la pacification intérieure de la patrie. L'éloquent religieux, puissant comme un prophète, déchirait
un lambeau des voiles de l'avenir et montrait les enfants
de la France, guéris de leurs haines impies, rassemblés,
serrés en un seul faisceau d'âmes pour former encore une
fois la famille invincible et reine que sacra le baptême de
Clovis.

Ce ne fut pas seulement la foule des fidèles massée sous
les voûtes de Notre-Dame qui entendit cet appel inspiré.
ce fut le pays catholique entier. L'œuvre surgit de là toute
grande, sous le patronage de l'archevêque de Paris, qui
ajouta dans le bon plateau de la balance le poids vénéré
de sa parole. Du haut du calvaire romain, où la croix
replantée porte une figure vivante de Jésus souffrant et
priant, l'offrande du Père commun des chrétiens fidèles
tomba magnifique, mais moins précieuse que le trésor de
sa bénédiction. Tous les évêques parlèrent à la fois, et la
bourse du Vœu, à peine ouverte, pesa plus de la moitié
d'un million.

Ce fut alors que l'éminent pasteur du diocèse de Paris

s'adressa au gouvernement et demanda que l'œuvre fût
reconnue par une loi. Cela eut lieu au xix° siècle, trois
ans après le règne blasphématoire de la Commune. Le
gouvernement se montra favorable. La loi fut présentée;
elle eut pour rapporteur un fils catholique de l'Alsace si
chère et tant pleurée, et sur les conclusions du rapport,
l'Assemblée, à la majorité de trois cent quatre-vingt deux
voix contre cent trente-huit, déclara « l'utilité publique
de l'église que, par suite d'une souscription nationale,
l'archevêque de Paris se proposait d'élever sur la colline
de Montmartre, en l'honneur du Sacré-Cœur de Jésus-
Christ, pour appeler sur la France, et en particulier sur
la capitale, la miséricorde et la protection divines. »

Cela eut lieu, je le répète, au xix° siècle de la putré-
faction créatrice, du hasard vainqueur de Dieu, et de la
guenon, *alma mater* de l'humanité! Cela eut lieu en présence de ceux qui nient les miracles; cela eut lieu! Le
temps présent a cette page dans son histoire.

Et le vœu de la France catholique fut ainsi ratifié par
LA FRANCE, sans épithète.

Aussi n'est-ce pas l'achèvement matériel de l'édifice
qui réglera la dette de la patrie; la dette est réglée par la
loi, en ce sens que nous sommes engagés dans la forme
voulue. Dieu nous fait un crédit régulier : « Qui a terme
ne doit. » Le code spécial aux remueurs d'affaires est fondé
sur cet axiome favorable, balancé par une sanction très
sévère : la faillite.

Le terme, il est vrai, n'est pas inscrit dans la loi; c'est
un secret entre Dieu et son serviteur, le saint évêque qui a
revêtu depuis lors la pourpre romaine. Vous qui haïssez,
n'ayez espoir; vous qui aimez, n'ayez crainte : le vœu de
la France ne fera pas faillite à Dieu.

VI

Je ne veux pas oublier que ceci est une anecdote et qu'il
me faut raconter. Jean et le frère entrèrent à l'église
paroissiale de Montmartre quand la messe de huit heures
sonna. Je ne les suivis pas. L'air de la butte m'avait donné
appétit et je m'assis à une table de guinguette, sur la
place même de l'église, pour prend... une tasse de café au
lait. Il n'y avait personne au mo... où l'on me servit.
Je me souviens que je songeais à Jean, et surtout au
frère, avec ce sentiment singulier que j'ai déjà décrit,
mêlé de compassion et d'envie. J'étais alors un heureux,
selon le monde, un très heureux, et mon bonheur me
donnait beaucoup d'orgueil. Le monde était mon maître;
il me tenait en laisse et de court. Tous mes espoirs, y
compris ceux qui regardaient ma famille si tendrement
aimée, allaient vers le monde, et pourtant la figure du
frère restait devant moi toute lumineuse; je sentais à quel
point elle me mettait dans l'ombre.

Et auprès de ce jeune homme si étranger au monde,
né en quelque sorte dans le service de Dieu, je devinais
Jean, le pauvre vieux pécheur, agenouillé sur les dalles
de la pauvre vieille église. Jean était de ceux qu'on voit
encore quand ils ne sont plus là.

Que faisais-je avec ces deux hommes, si différents de
moi? Je cherche à savoir, en m'interrogeant moi-même,
si déjà je pensais que leur sort valait mieux que le mien,
mais je ne le crois pas; mon heure était bien éloignée
encore.

Pendant que je prenais mon repas, il arriva du monde :
du pauvre monde, mais gai, vivant et bon enfant.
C'étaient des ouvriers terrassiers sans travail, revenant
« secs » de l'embauchage de la place Clichy. Ils
s'asseyaient à cinq ou six par table pour boire un verre
de vin en mangeant leur morceau de pain. Ils se plai-
gnaient du chômage, mais bonnement; ils n'avaient point
de politiqueurs parmi eux, mais ils savaient les nouvelles
et causaient couramment de la « toquade » des députés qui
allaient venir en procession pour bénir Montmartre. La
chose leur semblait surtout *drôle*. Il y en avait beaucoup
qui étaient comme M. Thiers, et qui n'avaient rien contre
Dieu.

La plupart considéraient le fait au point de vue de
« l'ouvrage » qui allait abonder, et certes, c'était bien un
peu leur droit. Selon les mieux renseignés, les fondations
de la basilique allaient avoir juste la profondeur du puits
de Grenelle, et quoiqu'ils fussent ici à cinquante pas du
premier sondage, ils affirmaient que cette percée avait
déjà cinq cents mètres en ligne verticale. Le reste était à
l'avenant comme exactitude. A travers leur devis, ébauché

de bonne foi, mais entièrement fantastique, les millions roulaient comme les vagues de la mer : car, dans le tissu de contradictions qui forme l'opinion des foules, la religion est une chose morte d'épuisement, et capable de secouer les montagnes. On ne croit pas aux miracles que la religion proclame, mais on l'accuse d'une multitude de miracles qu'elle ne proclame pas. Ce cadavre accomplit des tours de force !

Comme j'achevais mon déjeuner, deux figures très différentes des autres se montrèrent, toutes les deux hargneuses et souffreteuses : un homme encore jeune et une vieille femme, dont l'œil droit disparaissait sous l'enflure d'une récente contusion. Ils marchaient à une assez large distance l'un de l'autre en s'injuriant.

— Voilà Chamoin qui a encore épousseté son président ! fut-il dit auprès de moi.

Et toute l'assistance de rire.

Je compris que la vieille à l'œil endommagé était le « président » de Chamoin. Elle avait l'air méchant et malheureux. Quoiqu'elle fût d'une laideur repoussante, il y avait dans son accoutrement un essai de coquetterie. Elle s'arrêta au coin d'une ruelle et appela d'une voix irritée quelqu'un qu'on ne voyait pas :

— Bastien ! Bastien !

— Pas de bottes, Bastien ! dit Chamoin, en homme habitué à faire des mots.

Et l'on rit encore.

La vieille cria, prise tout à coup de rage :

— Faut-il aller te chercher !

Chamoin s'assit, écarta le verre de vin qu'on lui offrait et demanda un « abs. » Il commença tout de suite à

pérorer. C'était un beau diseur, tout farci de phrases
toutes faites pêchées dans la mare aux calomnies. J'ai
connu des journalistes de même odeur et aussi des
« honorables » beaucoup moins forts que lui, car il avait
« du chien », le mot pour rire et je ne sais quelle
bonhomie enragée qui montait au cerveau de ses auditeurs. Je n'ai pas besoin de vous dire son thème : il tenait
à la main le numéro du journal : *Le Sou*, apportant la
nouvelle du vote *clérical* de l'Assemblée.

— En voilà un au moins, dit-il, en brandissant son
petit papier mal imprimé, qui ne cache pas son opinion
politique! Les autres s'appellent *le Peuple*, ou ci, ou ça;
lui, il montre du premier coup ce qui l'occupe : LE SOU!
Je connais un des rédacteurs, et voilà sa façon de penser :
« Pour avoir des sous, c'est de caresser ceux qui n'en ont
pas. »

Après cet exorde qui fut accueilli avec faveur parce
que l'ouvrier, chose véritablement étrange, n'a pas plus
d'illusions sur ses écrivains que sur ses représentants,
Chamoin attaqua le gâteau, la vraie friandise, un peu
banale, un peu éventée à tous les étalages de pâtisseries
révolutionnaires, mais toujours, toujours appétissante :
l'inépuisable *chapitre des corbeaux*. Il n'y avait pas
d'invention chez Chamoin; il agitait au tas toutes les guenilles de la haine; mais c'était bien remué en salade, avec
une âcreté pleine de bonne humeur. Ces détestables
hommes noirs qui ont l'infamie de rendre au pauvre le
sou que les hommes rouges lui empruntent, étaient accom-
modés par lui de main de maître. Je ne pouvais m'empêcher d'admirer, et la péroraison, dans laquelle Chamoin
institua avec les millions du SACRÉ-CŒUR, confisqués

municipalement, la caisse des travailleurs, guéris du travail, fut enlevée avec un brio surprenant, jusqu'au mot de la fin que je recommande à ceux qui s'étonnent de quoi que ce soit.

— Voilà l'affaire, dit Chamoin en achevant : à droite, des gredins qui vous prêchent de souffrir; à gauche, de bons enfants qui vous disent de jouir; on n'est pas embarrassé du choix.

Ce serait vrai, humainement parlant, si les *bons enfants*, en fait de jouissances, donnaient jamais autre chose que la misère.

Chamoin se tut; on entendit une voix de petit qui pleurait dans la ruelle où la vieille femme était entrée en menaçant l'invisible Bastien. Elle en ressortit presque aussitôt après, traînant une chétive créature qui faisait peine à voir et qui hurlait de douleur. Bastien pouvait avoir dix ans : des os difformes dans un haillon. Il y eut un mouvement de pitié autour des tables, et quelqu'un dit :

— Chamoin, tu devrais attacher ton président.

Chamoin avait honte un peu; il répondit :

— C'est vrai qu'elle est mauvaise, mais ça la taquine d'avoir son petit infirme.

A ce moment, Jean et le frère sortant de la messe, paraissaient à la porte de l'église. La mégère était exaspérée; à la vue du frère elle poussa Bastien devant elle, et cria d'une voix que la fureur faisait chevroter :

— Regardez! voilà comme les corbeaux nous rendent nos enfants!

Cela fit de l'effet dans mon voisinage, d'autant que Chamoin ajouta :

— Je lève la main que les « quatre bras » l'ont battu!

Le frère, cependant, descendait sur le parvis et allait vers Bastien, le pauvre être, qui retrouvait un sourire en lui tendant ses deux mains.

Les ouvriers, mes voisins, chuchotaient en voyant cela, mais leur esclavage est rigoureux. Ils n'osent pas souvent écouter ce que le cœur et la raison leur disent. Le mensonge a fondé pour eux à chaux et à sable l'envers d'une religion qui a des dogmes tyranniques, et c'est ici que l'homme porte un joug comme les bœufs.

Il y en eut un pourtant qui murmura :

— Celui-là est un vrai bon, je le connais.

Et un autre ajouta :

— C'est l'invalide du siège.

Mais à ces paroles timides il n'y eut point d'écho.

La scène qui suivit fut assurément caractéristique et m'a laissé une impression qui ne s'effacera point. La vieille aussi connaissait le frère, car elle reculait vers nos tables à mesure que le frère s'approchait d'elle. Elle entraînait le petit Bastien, qui essayait de s'accrocher à la robe du religieux. Le frère ne dit que ces seuls mots :

— Sois bon, Bastien. mon garçon, aimé ton père .et ta mère. Dieu te récompensera.

Quand la vieille eut reculé jusqu'aux tables, elle dit à son mari :

— Viens nous-en!

Et Chamoin se leva. Encore un qui connaissait bien le frère! Son regard rôdait et fuyait. Il y avait longtemps peut-être qu'il n'avait tenu son fils dans ses bras. Il le prit et s'en alla sans mot dire. La vieille marchait devant, grommelant des paroles qu'on n'entendait pas.

— Ce sont de pauvres gens, dit le frère qui les regardait s'éloigner d'un œil de compassion.

Un ouvrier qui avait achevé son verre, vint à lui et dit :

— Ça se trouvait qu'on était à Champigny, on vous a vu; il n'y a pas de robe qui tienne. vous avez de ça!

Il tapa sur sa poitrine et pirouetta, ajoutant :

— Les Chamoin, ce n'est pas du bon monde.

Ce fut tout. Les tables en un clin d'œil restèrent désertes.

Ah! leur servitude est dure, car chez eux le cœur est droit. Ils sont honnêtes; ils connaissent le frère qui a « de ça » et ils connaissent Chamoin qui « n'est pas du bon monde ». Mais ils se sauvent du frère comme de la peste et ils vont avec Chamoin.

Pourquoi? Est-ce que Chamoin leur donnera le bien-être dont il manque lui-même si absolument? Peut-être l'espèrent-ils un peu, tant ils sont enfants.

Mais il y a autre chose.

Par les yeux de Chamoin une force occulte les regarde et leur fait peur.

Dans le fiacre où nous fîmes monter le frère pour le reconduire à la maison mère, Jean voulut savoir ce que j'avais vu et entendu à la guinguette pendant qu'il était à la messe, et je le lui dis. J'avais reçu une mauvaise impression. Le frère s'était montré discret, selon son devoir, mais quelques paroles entendues autour des tables me laissaient deviner que ce Chamoin et sa femme étaient parmi les sinistres acteurs du drame de la maison Scribe.

— Le Vœu National est une belle chose, dis-je, mais c'est une belle chose qui n'est pas de notre temps. La basilique ne sera jamais bâtie, et si elle est bâtie, elle sera détruite. C'est un défi trop hardi, jeté à la victorieuse coalition formée par le doute, l'indifférence et l'incrédulité. Vous proclamez vous-même que tous ceux qui ne sont pas avec vous sont contre vous. Eh bien! dans ce siècle de nuances, de compromis, d'alliages, d'amoindrissements

et de reculades où toute créature humaine marchande le
devoir, discute le dévouement et se damne intelligem-
ment, selon les règles de la plus sage prudence, c'est là
une désastreuse devise. Vos rangs s'éclaircissent, tandis
que ceux de vos ennemis deviennent à chaque instant plus
épais, grâce à la devise contraire. Ils disent, eux : « Tous
ceux qui ne sont pas contre nous sont avec nous », et au
fond c'est bien plus l'esprit de l'Evangile. Aussi se recru-
tent-ils de toutes vos pertes, et moi qui suis entre les deux
camps, vivante image de l'impartialité, je vois bien que
vous leur prêtez à rire. En érigeant ce monument, vous
ressemblez à des gens qui feraient tirer le canon et chanter
le *Te Deum* après une bataille perdue. Avez-vous donc
trop de ressources à dépenser? Ne vous reste-t-il plus assez
de pauvres à secourir, pour que vous jetiez leur bien
en pâture à cette fastueuse débauche d'encens prodigué
et perdu?

Le cher frère me regardait en souriant gravement. Je
m'étonnais que Jean ne me contredît point, mais Jean
s'était emparé du livre de prières, habillé de drap, et le
feuilletait.

Moi, je poursuivais ma remontranec, et, bien entendu,
j'avais soin de constater à tout bout de phrase que je parlais ainsi dans l'intérêt de la religion. C'est la loi de toute
fronde. Un bon détrônement ne peut se faire qu'au cri
de vive le roi!

J'en avais fini avec l'impiudence de la « manifesta-
tion », j'étais en train de tonner contre le crime inutile
d'une pareille aumône, prodiguée dérisoirement à la
richesse de Dieu, en face de la misère des hommes, et il
est certain que j'aurais pu continuer ainsi fort longtemps

sur le même ton, sans tarir, quand la main de Jean se posa avec bruit sur son livre ouvert.

— Ecoute, me dit-il.

Et il lut à haute voix la suite de l'évangile selon saint Jean qui se récite le lundi de la semaine sainte : « Six « jours avant la Pâque, Jésus vint à Béthanie, où était « mort Lazare qu'il avait ressuscité. Là, on lui donna à « souper, et Marthe le servait... Pour Marie, elle prit une « livre d'huile de vrai nard, parfum du plus grand prix; « elle en parfuma les pieds de Jésus et les essuya avec ses « cheveux : toute la maison fut remplie de l'odeur de ce « parfum. Aussi, l'un des disciples, Judas Iscariote, celui- « là même qui devait livrer Jésus, se mit-il à dire : *Pour-* « *quoi n'a-t-on pas vendu ce parfum trois cents deniers,* « *qu'on aurait donnés aux pauvres?...* »

Jean tourna la page et poursuivit :

— Telle fut la parole de Judas. Voici la réponse du Sauveur dans l'évangile selon saint Marc : « Laissez cette « femme en repos; pourquoi lui causez-vous de la « peine?... Ce qui était en son pouvoir elle l'a fait. Elle a « répandu par avance ces parfums sur mon corps, préve- « nant l'heure de ma sépulture. Je vous le dis en vérité, « partout où aura été prêché cet évangile, dans le monde « entier, ce que cette femme a fait sera raconté à sa « louange... »

Le frère baisa la croix de son chapelet : j'étais muet, Jean referma le livre.

— C'est très beau, dis-je après un silence.

— Tais-toi, murmura Jean, qui priait.

VIII

Jean reprit :

— De Dieu tout est beau. Ne loue pas seulement la splendeur de sa parole avec ton jugement de poète; regarde le travail de ses mains, admire l'œuvre de ses miséricordes; émerveille-toi, prosterne-toi... as-tu vraiment peur pour Dieu, ou du moins pour le sanctuaire de Dieu, entouré de menaces et de haines? C'est un honnête sentiment, et peut-être qu'il m'arrive de le partager. Il y a une tristesse dans ma pensée, mais j'ai envie de rire de toi, surtout de moi, tant nos craintes s'égarent. Pleurons sur les hommes et ne pleurons que sur les hommes. En Dieu tout est force et durée. Rien ne chancelle en Dieu ni ne meurt. Va, ne sois pas prudent, quand il s'agit de Dieu. Aime-le, si tu peux, par-dessus toutes choses, et ne lui prête jamais la protection de ta sagesse. Judas injuria la sœur de Lazare au nom des pauvres, mais son indignation était un mensonge. Ecoute Jésus, donne à Jésus, qui est à la fois le plus pauvre et le plus riche. Que ton parfum soit répandu jusqu'à la dernière goutte et se perde à ses pieds. Tant mieux, s'il vaut trois cents deniers, et mille, et cent mille!

Tu vis dans le siècle des sages, raisonnablement affolés, des savants qui n'ignorent rien, sinon le principe de toute science, au milieu des esprits sonores qui se croient profonds parce qu'ils sont creux, et tu entends tout à coup les coryphées du doute pousser au long des jours le cri de leur stupeur parce que des rassemblements de croyants, immenses et sans cesse renouvelés, entreprennent voyages sur voyages, sans autre but que d'aller en foule, priant et chantant, adorer le cœur de Dieu, honorer la Mère de Dieu, la mère de la Mère de Dieu, l'archange saint Michel, que sais-je? tout ce qui est de Dieu. Penses-tu qu'il n'y ait pas parmi eux des docteurs? Ils sont des myriades de pèlerins, ils vont à des milliers de chapelles si humbles, que les négociants en popularité n'en soupçonnaient même pas les noms glorieux; ils s'agenouillent devant les tombeaux de saint Denis et de saint Martin, de sainte Radegonde et de sainte Geneviève, à Tours, à Poitiers, et (ô pudeur!) à Paris, source des encres de toutes vertus! Ils boivent l'eau de Lourdes et l'eau de la Salette, décriées par les médecins; ils rapportent des chapelets de la Salette et de Lourdes; ils font, sur leurs genoux, le tour de la basilique de sainte Anne; ils demandent en baisant la terre, devant le Saint Cœur, à Paray-le-Monial, non point du tout le châtiment de ceux qui haïssent en aveugles et qui triomphent de leur propre malheur, mais leur retour au bonheur et à la lumière. Et voilà que les mêmes pèlerins, et d'autres, plus innombrables, tournent déjà leurs yeux vers Montmartre, la colline choisie d'où le grand amour de Jésus va descendre sur la France en torrents de bénédictions. Ils croient cela! En 1875!

Le fait ne te donne-t-il rien à penser?

Ils vont venir, ils viennent déjà, et le temple du Vœu National, dont les racines pénétreront la terre plus profondément que celles des cèdres du Liban, n'est encore qu'en espoir. Que sera-ce quand notre archevêque aura semé le gland de pierre d'où s'élancera l'arbre avec tous ses rameaux? Ils viendront alors par centaines. Et quand les premiers profils de l'œuvre apparaîtront au sommet de la montagne, tu les verras par milliers; et quand le premier chant éclatera dans la nef consacrée, le mont tout entier, de la base au faîte, se hérissera de vivants actes de foi.

Je sais que cela sera; j'écoute dans l'avenir la fanfare pacifique vouant au cœur de mon Dieu le cœur de ma patrie : c'est pour moi le cri de la résurrection; il monte plus aigu que nos douleurs, plus profond que nos hontes et vaste comme nos espérances jusqu'au ciel qu'il envahit, poussé par des millions de poitrines. Ces cohues de ferveurs domptent la Providence!

... Il y a, tu l'as dit, des menaces parmi ces promesses. Viens-tu seulement de découvrir, ce matin, la bataille qui se livre depuis près de dix-neuf siècles entre le Christ et Satan? Nous savons que notre ennemi prépare l'assaut; il s'est vanté de sa force. il a raillé notre faiblesse, mais, Dieu soit loué, le triomphe a pour nous deux faces, dont l'une est le martyre; nous prenons avec certitude la victoire où elle est, dans l'accomplissement, quel qu'il soit, de la divine volonté.

Nous avons peut-être, à nos heures, la même vision que les prophètes du mal. Nous voyons le flot de l'impiété monter contre nous comme une marée. Nous voyons

l'inondation de la colère couvrir tout. Rien ne résiste à
cette mort; le cantique se tait, le temple s'écroule; il ne
reste du sanctuaire qu'un pan de mur juste assez haut et
assez large pour y adosser les saints qui vont mourir. *Te
Deum laudamus.*

Gloire à vous, Seigneur et Père, gloire, gloire! oh!
gloire éternelle à votre adoré nom! Ayez pitié de ce flux
meurtrier qui se rue contre vos serviteurs! Vous êtes mort,
ô immortel pardon! pour ces âmes en démence! Ayez pitié
des bourreaux pour l'amour des victimes... Ayez, s'il est
possible, pitié même de Judas.

Et même, ayez pitié, ô Dieu dont la miséricorde n'a
point de limites, ayez pitié des maîtres de Judas, ces
princes du peuple, ces pharisiens et ces scribes, posses-
seurs du chiffre et de la lettre, qui sont riches, qui sont
éloquents, qui sont savants au point qu'on les appelle du
nom même de la science : doctrinaires, et qui combinent
sans cesse le plan des ravages sans oser jamais y mettre la
main.

Car ils n'ont qu'un courage, celui de l'apostasie; leur
seule audace est de mentir sans rougir, et s'ils poignar-
dent, c'est de loin, hors de portée, hors de danger, en
distillant le poison de parole et de plume où les vrais
tueurs tremperont le couteau...

Ceux-là, Jésus, sont bien autrement coupables que Judas, puisqu'ils suscitent Judas et qu'ils le payent. — Ah!
ils ne le payent pas cher: trente deniers que Judas ne man-
gera ni ne boira, mais dont les doctrinaires profiteront
après que Judas se sera donné la mort!

Moi, j'ai compassion de ce Judas, le misérable des misérables, et mon cœur éclate d'indignation, quand je songe

au crime des docteurs, ses patrons; mais vous, ô Dieu!
ayez pitié même des docteurs!

Cependant, Seigneur, laquelle de ces deux fêtes verrons-
nous? Celle du bien? Celle du mal? L'inauguration?
Gloire à vous! La ruine? A vous toute gloire! Vos temples
crient vers vous deux fois : quand ils s'élèvent et quand
ils s'écroulent. Il y a plus d'encens dans les pleurs que
dans la prière même, et le dôme renversé de vos autels
n'est pas moins près de vous sous la poussière que dans
les nues.

Vous avez dit, en vérité, que partout où serait prêché
votre Evangile, dans le monde entier, la prodigalité de
Marie-Madeleine serait racontée à sa louange. Ainsi soit-il!
Le gain, le vrai gain, Seigneur, le bénéfice incalculable
c'est ce qui est perdu à vos pieds.

Notre vœu a pour but l'expiation; qu'importe la manière dont notre vœu s'accomplira? Nous tâcherons, mais
c'est vous seul qui ferez. Il faut que la basilique jaillisse,
louange de marbre et d'or; elle jaillira. Il faut qu'elle
croisse et qu'elle fleurisse pour couronner Paris qui cou-
ronne la terre. Il faut que sa forme soit pure, ses murailles précieuses par la matière et par l'art. Se peut-il
trouver rien d'assez beau pour la maison de votre amour?
Je voudrais qu'il fût possible de la tailler dans un seul
diamant, la vasque où couleront les trésors de la charité
infinie. Ce ne serait ni trop durable ni trop éclatant pour
le don de la France, pour l'hommage qui vivra autant
que les siècles, ou qui s'abîmera demain, broyé dans le
prochain tremblement de terre. Ainsi soit-il.

Ainsi soit-il! Et puisse alors la ruine être assez vaste
pour valoir tout le pardon de Dieu!

Pour cela, surtout pour cela, qu'il soit incomparable

dans sa magnificence, le palais de votre tendresse, ô
Jésus! Pour cela, si vous voulez cela : que rien n'égale
sa beauté souveraine, s'il doit être anéanti par Judas,
aveugle et mercenaire, soudoyé par le crime clairvoyant
des docteurs!

Et donnons les trois cents deniers de nard, quand même
ils devraient se répandre sur le sol jusqu'à la dernière
goutte. Donnez avec profusion, vous qui avez reçu le
redoutable dépôt de la richesse dont il vous sera demandé
un compte si exact. Donnons aussi, nous qui sommes
pauvres. Que l'opulence et l'indigence soient également
prodigues, afin que l'*ex-voto* monumental de la France
catholique soit en argent massif, s'il doit rester debout,
et tout en or, s'il doit tomber. Pour donner, avons-nous
besoin de savoir si la merveille dédiée au cœur de Jésus le
glorifiera pendant de longues années ou exhalera vers lui
toutes les piétés de son parfum, dans un seul et grand
souffle, comme un encensoir brisé?

Ce que nous savons, ce qui est certain, c'est que la
bonté de Dieu n'a point de bornes, que son règne arrive
sans cesse, que sa volonté est faite éternellement, et qu'à
l'heure où notre expiation montera vers lui victorieuse ou
vaincue, son cœur divin la répandra en baume de grâce
sur la plaie par où saigne le cœur de la France.

Donnez, heureux, donnez, souffrants, donnez tous et
donnez tout pour racheter l'âme de la patrie!...

Il tendit, moitié grave, moitié riant, sa main ouverte
comme les quêteurs. Nous obéîmes à ce commandement,
et dans sa main le sou du cher frère tomba à côté de ma
bourse.

Mais le cher frère avait les yeux humides, et moi j'ap-
pelai Jean « fanatique », pour me venger.

IX

A quelque temps de là, je fus frappé en apparence très cruellement. Sous le coup, je chancelai au bord de la révolte qui tue.

Mais je vins un matin m'agenouiller dans la chapelle provisoire du Sacré-Cœur, et je fus sauvé, ayant reçu le bienfait des premières larmes.

Depuis lors, je crois, j'espère et j'aime. Je suis heureux; je sais prier.

Il y a quinze jours, j'achevais la publication de *Pierre Blot* dans la revue du *Monde catholique*, quand j'appris, par la triomphante clameur des journaux hostiles à la religion, que les souscriptions à l'œuvre du Vœu National allaient se ralentissant. La pensée me vint aussitôt d'ajouter cette préface à mon livre; non pas que je me flatte de posséder la moindre influence, mais dans le but de me créer ainsi une offrande à déposer sur l'autel du Sacré-Cœur.

Et pendant que j'écrivais ces pages, une autre pensée naquit en moi : je me dis que, selon la parole de Dieu même, quiconque divulgue le bien qu'il a fait a reçu sa récompense en ce monde.

Je résolus alors de donner deux fois, d'abord le salaire de mon travail et ensuite ma récompense à venir, pour acheter le droit de dire à mes amis qui sont riches : « Vous avez donné, donnez encore; vous avez donné beaucoup, donnez le double, car il faut imposer silence à la raillerie des méchants. Donnez et divulguez votre don, au risque de perdre votre récompense. Elevez votre drapeau, soutenez l'honneur de votre foi. La pécheresse fut pardonnée parce que son cœur éclata comme un vase trop plein et emplit la maison de parfums. Imitez cet amour, supérieur aux prudences humaines. Vous, la France catholique, dans votre repentir, vous avez fait une solennelle promesse au cœur de Jésus-Christ : *Christo ejusque sacratissimo Cordi Gallia pœnitens et devota.* Vous devez! Laisserez-vous outrager la France et son vœu? Protester sa dette? Insulter à sa pénitence? Provoquer la foudre?

On vous parle, écoutez. Ce n'est pas moi, qui ne suis rien, c'est le Cœur, qui est tout. On vous appelle, levez-vous et venez. L'ennemi a triomphé trop vite, car vous voilà prêts à donner ce que vous avez, tout ce que vous avez, plus que vous n'avez, et à vous donner vous-mêmes par surcroît au Cœur qui aime les Francs, pour racheter la France!

PIERRE BLOT

Je me détermine à publier à part et hors du rang qu'il devrait occuper dans la série intitulée : *les Etapes d'une conversion*, le récit qu'on va lire. Par ordre de dates, ce fut la seconde histoire que Jean me raconta : la seconde du moins qui eût trait à sa propre vie. Elle sort de mon cadre général, et je ne saurais où placer entre les épisodes formant les cinq journées du miséricordieux voyage de la grâce à la rencontre d'une âme.

Ces cinq étapes qui sont : *la Mort du père* (déjà publiée); *la Première Communion; le Cœur de Charles; Marie et la Seconde Communion*, composent un tout et ne laissent entre elles aucun interstice où l'on puisse glisser un épisode de quelque importance.

Et pourtant je ne veux, ni ne puis supprimer cet épisode qui montre Jean sous un aspect nécessaire à connaître. Il a les qualités de Jean et aussi ses défauts. Il

viendrait mal à la fin de tout, ce serait trop tard. Ce fut
entre *la Mort du père* et *la Première Communion* que
Jean me raconta l'étrange suicide de l'ouvrier dans le
cœur de qui les tribuns ont assassiné Dieu; je fais comme
lui.

Mais au lieu d'ouvrir, comme lui encore, une trop large
parenthèse, je place sous un titre spécial ce drame qui est
complet par lui-même; ainsi aurai-je respecté jusque
dans ce très mince détail le désir de celui qui est le véritable auteur de ces pages.

Par le fait, ceci est une aventure de Jean *déjà converti*.
Elle ne tient au reste que par le petit Bonif, l'enfant
d'adoption de Jean et de Madeleine.

Mais Jean, que j'ai à cœur de peindre tel qu'il était, me
semblerait mutilé si je ne le montrais au moins une fois
dans son rôle d'ami, auprès d'un ouvrier, avec son
ardente passion de bien faire, son mépris peut-être exa-
géré des théories politiques et la vision imparfaite qu'il
avait des solutions promises à l'angoisse du problème
social par la science catholique, entrée en lice depuis sa
mort.

La vie chrétienne de Jean fut presque tout entière consacrée aux ouvriers. Il était loin d'avoir sur l'ensemble
des questions ouvrières la science et l'expérience de ceux
qui prêchent aujourd'hui la croisade de *réconciliation*,
mais il employait déjà ce mot, implicitement contenu
dans le programme des conférences de Saint-Viincent-de-
Paul, et les idées insuffisantes qu'il exprimait insuffisamment, peut-être eut-il du moins le mérite de les balbutier
le premier. Elles lui venaient de sa haine contre la politique d'exploitation, cette lèpre qui ronge la vieillesse du
monde.

Il appelait politique d'exploitation l'industrie de ces négociants qui font fortune en vendant le mensonge à la misère et la haine au malheur.

Ce n'était pas un ignorant en fait de socialisme. Il avait donné tour à tour dans toutes les erreurs dites *généreuses* qui enthousiasmèrent et abêtirent le second tiers de ce siècle; il avait connu le Mapah dont le nom signifiait père et mère, oncle et neveu, tante et nièce; singulier dieu qui buvait ses chemises; il avait admiré la barbe superbe du père Enfantin, dont chaque poil devenait, quand on voulait, une commandite israélite; il avait cru à Charles Fourier, le moins fou des utopistes et le plus désintéressé, mais qui, malheureusement pour sa mécanique phalanstérienne, trouva un jour le moyen d'en faire l'essai, c'est-à-dire la fin. Il avait voyagé en Icarie avec Cabet et fréquenté les ateliers nationaux avec M. Louis Blanc : aucune boutique systémateuse ne lui était étrangère. Tout cela est bon à connaître, et plus on a vu de charlatanismes à l'œuvre, mieux on se repose dans la grande et unique vérité.

Jean savait par cœur les clowns de la popularité; il les avait vus de si près qu'il lui restait d'eux comme un continuel haut-le-cœur, et sa vocation principale était de débarrasser l'ouvrier de leur délétère influence. Peut-être arriva-t-il trop vieux à la lumière pour être lui-même un flambeau. C'est le malheur de ceux qui tardent. Vous ne trouverez dans l'aventure de Jean avec son ouvrier ni aperçus ni théories; ce n'est qu'une pauvre histoire toute nue, précédée d'un bout de discussion littéraire.

J'ajoute que Jean m'a raconté bien des histoires du même genre et que moi-même j'ai vu de mes yeux des faits analogues en quantité qui auraient eu le mérite d'être plus simples à mettre en scène et par conséquent plus touchants, mais Jean tenait précisément à son anecdote pour l'étrangeté du sujet. Elle plonge, en effet, tout au fond de cet abîme d'absurdités où se noie l'abandon des malheureux à qui l'industrie des « politiciens » du ruisseau a escamoté la consolation suprème : de sorte qu'au lieu d'avoir Dieu pour refuge, ils martèlent les meurtrissures de leur front contre ce mur terrible : la haine de Dieu.

Non pas contre la haine que Dieu a : Dieu n'a que d'immenses et infinies compassions, mais contre la haine qu'ils ont eux-mèmes et dont on les a traîtreusement empoisonnés.

Si Jean avait été plus jeune, il eût marché en avant du mouvement dont nous sommes les témoins; c'était son rôle et sa nature. Il vit du moins l'aurore de ce mouvement, et je me souviens que la première fois qu'il entendit, bien peu de temps avant sa mort, l'éloquente et prophétique parole du soldat tout jeune alors et encore inconnu qui est devenu le général de l'armée du bienfait, il s'écria dans le transport de sa joie :

— Voilà un cuirassier (1) qui mettra peut-être deux cents ans à faire la trouée par où Dieu rentrera dans la maison du travail, mais qu'importe le temps? Mort ou vif, il aura débloqué l'atelier, et la victoire s'appellera de son nom!

Il s'éloigna ce jour-là, sans offrir sa vieille main au jeune et vigoureux apôtre. Ce n'était pas qu'il fût jaloux, mais contre sa coutume, il s'appuya silencieusement à

____

(1) M. le comte Albert de Mun était alors capitaine de cuirassiers.

mon bras en regagnant sa tanière et dans l'escalier seulement il me dit :

— Dieu a pitié de ceux qui arrivent comme moi, mauvais ouvriers de la dernière heure, mais c'est tout; il n'a que pitié. Il ne leur doit pas la grande allégresse des vainqueurs. Aux jeunes, aux vaillants qui sont assez heureux pour avoir, à l'âge de la force, la sainte volonté de combattre, je ne puis plus rien donner que la ferveur de ma prière.

Et les jours suivants, quand il fut calmé par la réflexion, il ajoutait :

— As-tu bien vu, as-tu bien entendu le cuirassier? Je ne sais plus s'il réussira parce que Dieu n'a pas promis à son Eglise une si énorme consolation. La tyrannie que le mal exerce sur l'ouvrier, c'est le plus précieux privilège de l'enfer; l'enfer y tient. Penser que ces millions de souffrants peuvent être soulagés dès ce monde et victorieusement émancipés de leur ténébreux esclavage, c'est peut-être une utopie. Mais que Dieu bénisse ce fier jeune homme qui a donné une formule claire, simple et virile aux tâtonnements de mon vœu. Celui-là aime vraiment Jésus dans l'ouvrier. C'est un noble esprit, c'est un robuste cœur. D'autres viendront derrière lui qui seront plus savants que lui, sinon plus éloquents, mais ce qui se fonde par lui sera toujours bien plutôt une phalange qu'une école, et il en restera le chef par le droit de son intrépide initiative.

Quand même il tomberait en chemin sous le poids trop lourd de la croix qu'il a choisie, sa chute serait sonore et féconde autant qu'un triomphe. Les gens comme lui remportent la victoire par leur vie quelquefois et souvent par leur mort...

i

LE LIVRE A FAIRE

J'ai dit que la maison de Jean était composée de sa femme Madeleine et de Bonif, mais il y avait en outre la petite Berthe qui venait passer la journée chez lui une ou deux fois par semaine. Elle était en pension quelque part.

Il me paraissait que Madeleine n'aimait pas beaucoup cette petite Berthe, mais Jean était fou d'elle. Berthe et Bonif se battaient par vocation. A vrai dire, ils n'étaient méchants ni l'un ni l'autre, mais Bonif avait la griffe parisienne au bout de la langue et Berthe l'avait au bout des doigts.

Les autres enfants de Jean et de Madeleine, leurs vrais enfants, beaucoup plus âgés, s'étaient établis au loin. C'était une famille dispersée par la ruine du père.

Jean avait été marié deux fois. Berthe était la fille de la fille de sa première femme, cette Marie de Moy qui lui lançait des boîtes de joujoux sur la tête autrefois, par la fenêtre du premier étage. Ainsi, Jean était le grand-père de Berthe, dont la mère était morte.

Jean mit du temps avant de me reparler de ses « étapes ». Il avait été malade pendant plusieurs jours à la suite de l'entrevue démesurément longue (elle avait commencé à huit heures du soir et fini au grand jour), où il m'avait raconté la mort de son père. De mon côté, moi, je ne le ramenais point vers ce sujet. Son récit m'avait laissé une impression profonde, mais *inutile*, puisque je ne comptais point m'en servir pour mon métier d'écrivain. Qu'en aurais-je fait? Et surtout qu'en eussent fait mes lecteurs ordinaires, mes chers lecteurs que j'aimais tant et que j'aime encore, acharnés à résoudre avec moi, de *numéro* en *numéro*, l'important problème de savoir comment Agathe épousera Théodore?

D'ailleurs, j'avais promis de ne point toucher à cela avant ma conversion, et personne n'est si long à se convertir que les gens comme moi, amis platoniques de Dieu, respectueux envers Dieu, mais ne sentant pas le besoin de Dieu, et qui se promènent parfois toute leur vie, chapeau bas, autour de Dieu, sans jamais entrer en Dieu.

Non seulement je ne pris pas de notes sur ce que Jean m'avait dit cette nuit-là, mais je fis effort pour l'écarter de mon souvenir. Il y avait là dedans des choses qui m'impressionnaient péniblement. Sans aller jusqu'à dire, comme le docteur Olivier : « Si tu me reparles de cela, je ne reviendrai plus », je savais bon gré à Jean de son silence.

Lui, de son côté, semblait éprouver la même hésitation, la même répugnance qui l'avait arrêté si longtemps au début de nos relations. Comme il avait reculé pendant des jours et des jours avant de me laisser regarder dans sa vie, de même il cherchait des prétextes pour ne point continuer ce voyage à travers les douleurs de son passé.

A cet égard, nous étions tous les deux complices. Si Jean craignait d'aviver en lui-même une plaie, moi je ne cherchais pas, tant s'en fallait, à réveiller des émotions qui laissaient en un coin de moi comme une meurtrissure.

Je n'aimais pas cette émotion qui m'entraînait avec d'importunes violences vers un lieu où il ne me plaisait point encore d'aller.

Mais je dois dire que plus je voulais oublier, mieux je me souvenais.

Une figure surtout, parmi celles que Jean avait esquissées, hantait mes heures de solitude et m'obsédait : ce jeune homme qu'on n'aimait pas assez dans la famille, parce qu'on le respectait trop, ce Charles, le « cafard » des frelonnots du lycée, le « jésuite » de la bonne Julienne, le « sage » de la maman et des chères sœurs.

Pour moi, ce bon garçon de François, le soldat, valait autant, je ne me le cache pas, mais alors pourquoi ce Charles rôdait-il sans cesse autour de ma pensée, tandis que le brave François me gênait si peu?...

Pendant cette période, Jean m'entretint presque exclusivement du fameux « livre à faire » sur Tartufe.

Son idée était double; il voyait deux Tartufes : un saint et un coquin, et cela nous ramenait à Charles, car il m'avait laissé entendre à diverses reprises que Charles avait été calomnié gravement, et insulté, et souffleté, sinon avec la main, du moins par la lourde atteinte du

mensonge — et qu'il avait tendu l'autre joue à l'outrage,
la tête haute, les yeux baissés.

C'est terrible cela, et c'est contre nature, comme tout
ce qui est surnaturel.

Il y avait là un héroïsme miraculeux ou une lâcheté
sans nom.

J'avais peur d'en savoir plus long au sujet de cette
histoire qui me repoussait par avance énergiquement,
tant je la devinais éloignée de moi et supérieure à moi.

Un matin de printemps, un jeudi, Jean vint me
demander à déjeuner; il avait amené Bonif et Berthe,
parce que c'était jour de congé. Madeleine restait volontiers à la maison et ne venait jamais chez nous.

Je demeurais alors dans une charmante habitation,
située au milieu d'un quartier affreux, rue Saint-Maur-
Popincourt, non loin de l'église Saint-Ambroise.

C'était l'ancienne « petite maison » de M. de Breteuil,
ambassadeur de France en Russie au commencement du
règne de Louis XVI. Il y avait tout alentour des usines et
des ateliers, mais le jardin était magnifique et très bien
isolé. On pouvait causer là comme dans les champs; Jean
aimait ce jardin dont il avait retrouvé l'histoire dans les
papiers de la paroisse Saint-Ambroise.

Pendant que Berthe et Bonif oubliaient de se battre,
tant ils s'en donnaient à jouer avec mes enfants, Jean
s'en donnait aussi, dissertant à perte de vue en prenant
son café sous la tonnelle.

— Ne t'y trompe pas, me disait il, le siècle prend un
singulier chemin : nous allons entrer dans un courant
littéraire catholique très accentué par suite même de

l'effort extravagant qui va être tenté pour anéantir le catholicisme. *Non prævalebunt;* ni les champions ni les champignons de la matière ne prévaudront, en définitive, puisque c'est la promesse de Dieu, nous le savons et peut-être qu'eux-mêmes ne l'ignorent point, mais il est dans l'ordre de Dieu et dans la nature des choses qu'ils arrivent très près du succès, qu'ils remportent même des victoires considérables en apparence et qu'ils aient leur jour où il soit permis à l'impie de monter sur les toits pour triompher à la face du soleil.

Cela doit être, cela sera; ils sont nombreux; ils sont innombrables; ils sont puissants par l'éloquence, par la science, puissants par le talent, quelques-uns même par le génie.

Il en est, et j'en connais, pour ma part, qui vont jusqu'à être puissants par la vertu, le mot étant pris dans son acception purement humaine.

J'aime et je respecte certains d'entre eux comme j'aurais respecté et aimé Socrate ou Platon.

De tout temps, le catholicisme a trouvé des défenseurs qui avaient toutes les qualités que je viens d'énumérer, et qui les avaient à un degré très supérieur; on rencontre, de siècle en siècle, les apologistes du catholicisme au premier rang des écrivains illustres, et la plume de ses grands évêques a toujours été d'or; mais si le catholicisme n'a jamais manqué de généraux glorieux, les soldats lui ont fait défaut parfois : certain genre de soldats, surtout, ceux qui dépassent la cavalerie en marchant à pied, au pas de course, ceux qui combattent des deux mains, ceux qui étonnent l'ennemi : les *chasseurs*, les ZOUAVES!

Il va falloir à la vérité des soldats, et précisément de ces soldats-là, parce que la bataille va se propager et s'étendre, et descendre dans l'arène même de la vie, au jour le jour. Tu verras cela avant qu'il soit longtemps.

Ce sera une mêlée, on devra combattre à toutes armes, comme dit le proverbe, depuis le canon jusqu'à l'épingle. Le jour viendra où les saints devront apprendre la gymnastique du sarcasme, l'escrime de la moquerie et jusqu'à cet art ignorantin de couper un pauvre diable de roman par petites « chiquettes » pour exaspérer l'appétit des vieux marmots qui se nourrissent de ces ragoûts-là.

Il faudra du monde, il en faudra beaucoup autour et au-dessous du grand journaliste catholique qui est le premier de tous les journalistes. Il n'est pas seul, je le sais bien, quoiqu'il ait la tête et les épaules au-dessus des autres; son état-major est beau et bon. Ce n'est, cependant, qu'un état-major, tandis que tout autour de l'impiété c'est une armée qui masse la cohue de ses bataillons.

Moi, j'aimerais bien mieux qu'on laissât la parole aux maîtres, mais cela ne sera pas possible en un siècle où les bègues ont la rage de prononcer des discours.

D'ailleurs, l'auditoire du journal et même du livre s'est tellement accru, le niveau des curiosités gourmandes s'est tellement abaissé que les maîtres sentiront le besoin d'avoir derrière eux des gens qui ne soient pas maîtres, des gens sachant au moins un peu l'idiome des naïfs et capables de causer couramment avec quinze cent mille abonnés d'un sou : chose malaisée.

Ces multitudes curieuses, auxquelles il faudra parler, ne manquent point d'intelligence, au moins, ne crois pas que j'aie voulu dire cela. Au contraire, elles sont extraordinairement intelligentes. Le grand, le simple, le beau, les passionnent dans un petit coin et pour un petit moment, mais elles veulent « s'amuser », et l'admiration *n'amuse pas*.

Elles aiment en outre à se moquer de leurs amuseurs, à les mépriser amicalement, à leur *taper sur le ventre* en disant : « Est-il bête! » pour se venger du sou qu'elles ont donné.

Les maîtres ne se prêtent pas assez à ces familiarités, il faut des serviteurs.

Je ne crois pas que les petits journaux catholiques arrivent du premier coup à récolter un million de sous par jour, mais ils peuvent faire un bien considérable.

Si j'avais encore une voix dans la presse, je dirais à la petite presse du catholicisme : « Soyez la maison des maîtres, mais soyez la maison des jeunes. Cherchez les jeunes gens, attirez les jeunes gens; les mâles! les francs! les hardis! Le *Magnificat*, c'est vrai, a jailli splendide et brûlant du cœur d'une femme, mais c'était la Vierge Marie, et tout le reste de l'Evangile est mâle.

« Rien n'est viril comme la pensée de Dieu!

« Fuyez le fade, le médiocre, le faux naïf, l'attifé, le douceâtre; laissez Emérance à sa candeur âgée, un peu sujette à caution, quoiqu'elle soit en sucre d'orge, restituez Athénaïs à sa pommade austère, rendez la châtelaine de Vatenville aux journaux de couturières. Cela ne vaut rien pour vous.

« Des hommes, ô mes amis, des jeunes, des forts pour tenir haut et droit l'étendard de la croix qui est lourd à porter! »

Et je crois que j'aurais tout à fait raison de parler ainsi.

Je vois dans cette croissante invasion des bleuets, une menace pour la moisson littéraire.

Mais il y a des femmes fortes, diras-tu, dans l'art comme dans la charité. Quels hommes sont plus grands que les filles de saint Vincent de Paul? Sainte Thérèse. sainte Gertrude, et tant d'autres ont fait entendre plus haut que les hommes la vraie langue de l'amour divin. C'est vrai, mais tu sais? Ici. nous ne parlons pas tout à fait de sainteté, quoique Émérance soit bonne personne. Nous parlons coton bleu.

Je vais aller plus loin que toi, si tu veux : il est bien certain que la femme est le cher et cordial élément de la piété dans les familles. Tous ou presque tous nous sommes chrétiens grâce à nos mères. et l'on ne peut entrer dans une église, n'importe laquelle, sans éprouver une émotion faite de reconnaissance et de tristesse, en voyant l'immense supériorité du nombre des femmes. Elles sont là cent femmes contre un homme. et que Dieu les en bénisse! Mais bien peu parmi celles-là ont de l'encre aux doigts.

Et l'homme est à l'autel, et l'homme est dans la chaire.

Tout dépend d'ailleurs des milieux : quand Apollon change de sexe à la *Revue des Deux-Mondes*, par exemple. je trouve cela parfait et même décent. mais chez nous, cela m'inquiète. Je dirais donc à nos amis : « Prenez les femmes fortes tant qu'il vous plaira. prenez même les bonnes femmes. Il serait insensé de priver le concert chrétien du registre éclatant. velouté, tendre, pénétrant que parcourt la voix de la Muse. Seulement, comme il en pleut, craignez le déluge. Choisissez avec soin et surtout dosez la Muse. La muscade, qui est très bonne aussi, ne

fait pas bien quand on en met trop. Il ne faut pas que
le cantique de Dieu vienne à sonner pour ceux qui entrent
dans certaines petites chapelles de notre presse comme
une romance vieillotte avec accompagnement de mando-
line fêlée... »

Jean s'animait, selon sa coutume, en parlant ainsi. Il
avait une antique dent contre les dames de lettres, malgré
son admiration enthousiaste pour George Sand, à qui,
selon lui, « Dieu seul manquait ». Excusez du peu!

Il s'interrompit brusquement en cet endroit pour crier
à la cantonade :

— Bonif! coquin! tu vas te casser le cou!

Les enfants qui vivent renfermés s'enivrent dès qu'ils.
boivent le grand air. Bonif, le prisonnier de la *tanière*,
aurait voulu sauter de branche en branche, au sommet
des arbres, comme les écureuils. Il était parvenu à
grimper sur la tonnelle et pleurait, ne sachant comment
en descendre.

Je montai sur un banc pour opérer le sauvetage de
Bonif, et Jean reprit :

— Barbey d'Aurevilly, qui burine d'un trait la res-
semblance des hommes, m'a défini ainsi, un soir qu'il
faisait mon éloge : « Jean est un voyageur très éloquent
qui part pour Paris mais qui arrive à Rome ». Le fait est
que je ne dis pas souvent ce que je comptais dire. La
peste soit d'Emérance, de la suzeraine de Vatenville, du
style cosmétique et des petits papiers imprimés, de quelque couleur et odeur qu'ils se donnent! J'étais venu pour
te parler de Tartufe.

Il faut que tu commences notre livre sur Tartufe, tu

n'as pas même besoin d'être converti pour cela. Il te
suffira de ton honnêteté native.

Et n'aie pas peur de te montrer irrévérencieux envers
Molière, ton fétiche. Tu brûleras devant sa statue autant
d'encens qu'il te plaira. Je t'y aiderai.

Dieu seul est éternel, mais le mal est immortel parce
que Dieu a refusé d'assigner un terme à son châtiment,
qui est d'être le mal. Tartufe existait avant Molière, et
peut-être que Molière, en le cueillant, l'a gâté.

Je n'en remercie pas moins le merveilleux maître de
la comédie d'avoir jeté l'âme de l'hypocrite en pâture
au rire et au mépris des hommes.

Il a été dit souvent que le mannequin qui avait posé
pour Tartufe, devant Molière, était un janséniste bien
connu et venimeux ennemi des Jésuites. En vérité, cela
m'importe peu.

Je ne crois pas, en tout état de cause, que Molière ait
voulu frapper le prêtre dans cet athée, ni même le *dévot*,
et pourtant il se peut que cela soit, car en France l'opposition mène tout et mène à tout, étant comme elle l'est la
condition et l'épanouissement de tout succès.

Le mot « opposition » a pu être inventé depuis peu,
mais la chose est vieille comme le monde.

Au temps où Molière vivait de gloire et d'opprobre,
avant d'en mourir, il y avait dans les honneurs rendus
au catholique pieux de quoi susciter l'opposition d'un
satirique, d'une part, et, d'autre part, de quoi tenter les
convoitises de l'incrédule.

Molière était donc dans le droit de son opposition et
dans la vérité de son art en attaquant l'envers de la

piété, c'est-à-dire, en définitive, le commerce de l'incrédule qui a volé le vêtement d'un croyant.

C'était bien, mais c'était juste tout strictement et le grand succès ne s'embarrasse guère de la justice : le grand succès, d'ailleurs, ne pouvait pas être dans l'attaque dirigée contre l'incrédulité, qui est l'opposition.

Il fallait, pour le grand succès, aller à côté de cela ou plus loin, flatter l'opposition et prendre à partie quelque figure connue, consacrée, *officielle*. Il y a des pharisiens dans tous les temples. C'était encore le droit de Molière de s'attaquer à un pharisien.

Admettons qu'il eut pour but, quand il fit *Tartufe*, de traîner sur la claie exclusivement le pharisien catholique, et non point le pharisien protestant, ni le pharisien janséniste, ni le pharisien parlementaire, ni le pharisien d'aucune synagogue, ni le Judas d'aucune apostasie, ni le farceur d'aucune franc-maçonnerie, ni le saltimbanque d'aucune philosophie.

Ce fut un tort et un malheur.

Molière était de taille à tenter mieux que cela. Il était de taille et il était de force à prendre corps à corps le pharisien sans épithète, l'hypocrite quel qu'il fût, et à l'étouffer dans l'embrassement de son génie... Tu n'as pas l'air d'être de mon avis?

Ainsi interpellé, je répondis non sans quelque mauvaise humeur :

— Molière a pris Tartufe où il l'a trouvé.

— Bon! s'écria Jean qui se frotta les mains. Je ne demande pas mieux que de te faire quelques concessions; les petits cadeaux entretiennent l'amitié : accordé! Molière a pris Tartufe où il l'a trouvé, c'est-à-dire où

son instinct de courtisan des foules, dorées ou non, et
son flair de grand poète à succès lui ordonnaient de
chercher Tartufe, sous peine de le trouver en quelque
autre lieu beaucoup moins favorable pour l'effet comique
et la réussite de sa pièce. Ta réponse me suffit amplement,
car elle laisse percer le bout de l'oreille de cet aveu que
Tartufe ne demeure pas toujours au même numéro de
la même rue.

Il déménage, en effet, souvent, « le pauvre homme! »
Et un peu moins de cent ans après cette nuit du
17 février 1673 où Molière, comédien, mourut de sa
femme comédienne, la tête dans le giron d'une sœur
de charité, si Molière ressuscité avait cherché son pharisien, il n'aurait certes pas frappé à la porte du même
théâtre pour demander à toute une armée de grands
laquais galonnés : « Mgr le duc de Tartufe est-il visible? »

C'était le temps où un grand ministre (comme disent
les dictionnaires!), modèle de philosophie, de patriotisme
et de loyauté, pensionné par l'Autriche, pensionnant la
vieille Pompadour, laissait naître la Prusse et mourir nos
colonies, faisait l'immense fortune de l'Angleterre, tuait
Montcalm, tuait Lally-Tollendal, perdait le Canada, perdait l'Inde, resserrait nos frontières, malgré les batailles
gagnées par nos soldats, engloutissait nos flottes, affamait
nos campagnes, signait une paix déshonorante après une
guerre glorieuse et se retirait, ennemi cruel de son roi,
mais ami caressant de Voltaire, dans sa tranquille retraite
pour y mettre en bouteille, après l'avoir brassé avec le
suc de l'*Encyclopédie*, le breuvage diabolique qui devait
allaiter Robespierre.

Le pauvre homme!

Les dictionnaires lui ont pardonné tout cela, parce qu'il chassa et dévalisa les Jésuites, coupables d'avoir refusé à sa patronne Pompadour l'occasion de commettre un sacrilège.

Ce Tartufe-là ne ressemble déjà plus au Tartufe de Molière.

N'est-ce pas Tartufe pourtant?

Et s'il est vrai que génie oblige encore plus que noblesse, Molière n'avait-il pas le devoir de tailler le manteau de son pharisien assez large pour qu'il pût aller à tous les hypocrites?

Mais d'autres années passent et voici venir le citoyen Tartufe, au lieu et place de monseigneur Tartufe, car il me plaît d'enjamber par-dessus Tartufe-Genevois et Tartufe attendri par la « religion de la nature » : celui qui aime à voir lever l'aurore...

Vais-je parler longuement de Tartufe-guillotine? non, il se guillotina lui-même dans son ardeur au travail, et cela l'excuse un peu. Tu m'objecterais d'ailleurs que Molière n'a pu reproduire ce masque hideux puisqu'il ne l'a ni connu ni même deviné, dans l'honnêteté de sa pauvre belle âme.

N'est-ce pas un vrai malheur, cependant, pour un géant comme Molière, que d'avoir brûlé sa poudre à foudroyer un si petit gibier que son Tartufe de pseudo-sacristie, quand, après un quart d'heure de chasse, nous trouvons déjà tant et de si gros Tartufes à battre qui ne sont point le sien?

Eh quoi : l'énorme Molière a pris pour me rendre odieuse la plaie éternelle de l'hypocrisie, poison du monde depuis le commencement, un piètre sire qui accumule

trahisons sur vilenies pour tâter l'étoffe d'une robe qu'il
ne parvient même pas à salir et pour tromper un honnête
homme excessivement confiant qu'il n'arrive même pas
à dépouiller, le grand roi Louis XIV ayant, paraît-il,
employé ses loisirs à déjouer cette intrigue subalterne!

Et c'est cela, Tartufe! L'IMPOSTEUR par excellence! le
miracle d'hypocrisie! il a sué sang et eau pendant cinq
actes, et Mme Elmire l'a bafoué, il n'a su décevoir que
le bonhomme Orgon, acharné à se jeter tête première
dans tous les sacs!

Et pour comble, ce serpent, ce caverneux, ce monstre
de triple et quadruple noirceur est percé à jour comme un
crible et cousu de fil blanc comme les finesses de Jocrisse!
On le connaît d'avance puisque quelqu'un l'a signalé au
« prince ennemi de la fraude ».

Qui peut bien être ce quelqu'un? Je le demandai une
fois à Janin qui me répondit dans la bonne humeur de
son scepticisme :

— Le commissaire, parbleu!

C'est que c'est cela! Ce colosse d'astuce a son dossier
à la police, chez M. le lieutenant-criminel Tardieu qui
demeurait déjà rue de Jérusalem! il a laissé prendre son
signalement par l'officier de paix et l'inspecteur lui a
noué un fil à la patte!

Allons! il n'est pas fort! Et il a fallu tout le génie de
Molière pour faire peur, même à M. Prudhomme, avec
ce pistolet de paille!

J'ai entendu soutenir une fois, par un très éloquent
écrivain, qui, la plume à la main, ne s'occupe jamais
de ces choses, mais dont la conversation, aussi hardie
que sa prose est sérieuse, étincelle d'aperçus brillants,

présentés sous une forme paradoxale, j'ai entendu soutenir cette thèse que *Tartufe* n'est, au fond, qu'un chef-d'œuvre d'ironie, jeté à la tête des Prudhommes du dix-septième siècle.

Je ne crois pas cela : Molière est plus grand que l'ironie, et il n'y avait pas de Prudhommes au temps d'Orgon.

Orgon exclut Prudhomme.

Note bien qu'Orgon est d'un siècle, Prudhomme de l'autre, mais que Tartufe est de tous les siècles. Et voilà pourquoi je fais le procès du Tartufe de Molière, en lui reprochant de n'être que le Tartufe du siècle d'Orgon.

Non, Molière n'a pas voulu railler ceux qui l'applaudissaient. Il était comédien, il était auteur dramatique : à ce double titre, il vivait de ceux qui applaudissent et ne souffrent point qu'on les raille.

Molière a voulu faire une pièce à grand succès; il y a mis le *quantum sufficit* d'opposition, de justice et de haine : la haine dirigée contre une chose haïssable, qui est l'hypocrisie, la justice appliquée à des choses criminelles, qui sont le dol, la captation, l'intrusion de l'étranger dans la famille; l'opposition, enfin, faite à une chose puissante et quasi souveraine alors : l'influence religieuse.

C'était presque une œuvre de circonstance, comme le donne à entendre le caquet véhément et verbeux de Mme Pernelle; peut-être même le côté vivant de l'action visait-il un fait particulier, car *Tartufe*, dans quatre actes sur cinq, sort tout à fait du cadre de la vieille comédie de convention, et les noms mêmes de Tartufe et de Mme Pernelle font pressentir un pas tenté en dehors des habitudes théâtrales d'alors pour entrer dans le chemin où marche tout le monde. Philinte est toujours Grec par son nom, Orgon aussi, Elmire semble venir un peu d'Espagne; mais Mme Pernelle est de Pontoise, et Tartufe, emmitouflé discrètement dans une douillette d'Italie, arrive de Rome en droite ligne ou fait son possible pour en avoir l'air.

Il est humble et insolent à la mazarine; il a bien pu naître des rancunes laissées par l'invasion italienne de tant de reines, de tant de ministres : figures qui avaient leur grandeur, mais qui étaient hostiles au tempérament de la France.

Il a odeur de revanche bien plus que de blasphème; tout au plus parade-t-il au profit du gallicanisme, qui va bientôt tourner aigre, et certes il ne se doute pas qu'après avoir fait rire cette cour intelligente et profondément nigaude, ces marquis innocents et de tant d'esprit, ces sceptiques titrés crachant en l'air avec tout plein de grâce la moquerie qui devait retomber en déluge et noyer leur race dans l'immense baquet de la Révolution; non, *Tartufe*, ou du moins Molière, qui l'a fait, ne se doute pas que l'incrédulité va se saisir de lui, le saler, le larder, le mariner, le mettre à la broche ou à la casserole et en faire le plat fondamental de la cuisine athée au dix-neuvième siècle!

Aimes-tu ces bons petits marquis incrédules? Ils ne sont pas morts, tu sais? j'en connais, et j'ai pour eux des tendresses de bonne d'enfant. Dieu leur donnait la pâture toute préparée, comme aux oiseaux du ciel; il fallait bien qu'ils fussent ingrats puisqu'ils étaient gorgés de bienfaits...

Quant à ce grand Molière, je te défie de l'admirer plus que moi; mais il regardait de trop près les infirmités humaines pour voir la santé énorme de Dieu. Il ne savait pas le côté providentiel des choses. Au-dessus de lui, Bossuet planait dans la vision de Jésus-Christ, sans que Molière s'en doutât seulement, occupé qu'il était de ses admirables petites immensités.

Je le vois bien plus excusable que Pascal, cet autre comique de premier ordre, algèbre sublime, celui-là, foi étroite, amour sans confiance, et qui, né pour être le premier Père de l'Eglise en son siècle, mais malade de corps et séparé de Dieu par le scrupule, mit le pied, un jour, dans je ne sais quel Arnauld, moitié de protestant, janséniste et demi qui rédigeait déjà la *Revue des Deux-Mondes* et le *Journal des Débats* sous Louis XIV, plus d'un siècle avant la naissance de ces respectables « organes ».

C'est fatal : on ne marche pas là dedans; on s'y englue... Port-Royal (ah! comme ce pauvre Sainte-Beuve s'y plaisait!) noya Pascal après lui avoir tiré du corps les *Provinciales*, un *Tartufe* collectif qui a nom le Jésuite : mille pages, environ, sur lesquelles il y en a neuf cents qui sont assommantes, mais dont les cent autres forment un curieux chef-d'œuvre de méchanceté inutile, — que l'incrédulité a utilisé, néanmoins, pour battre en brèche le Dieu de Pascal, pour écraser la religion de Pascal, pour étrangler tout ce à quoi Pascal croyait, tout ce qu'il respectait, tout ce qu'il adorait à deux genoux, la face contre terre!

Je voudrais bien voir la mine que ferait ce malheureux grand Pascal s'il lui était donné de lire nos gazettes éditées depuis cent ans et de nombrer les sauces à la tartare qu'on a épicées avec ses *Provinciales!*

Mais Molière! le roi de notre théâtre! ce bon sens si droit, si tranchant! peu conscient de Dieu, c'est vrai, mais si connaisseur des hommes, que dirait Molière, sortant de la tombe, à la vue de l'emploi qu'on fait de son *Tartufe?* et à la vue surtout des Tartufes nouveaux, plaginires en action, qui ne lui volent pas son idée pour la mettre sur la scène ou dans les livres, pas si bêtes! mais qui s'en servent politiquement, socialement, journalistiquement, industriellement et judaïquement, comme d'un passe-partout excellent pour entrer dans la maison du suffrage universel et escamoter les bonnes grâces d'Orgon, qui ne s'est pas fait plus avisé ni moins naïf en devenant grand électeur!

Je pense bien que Molière resterait d'abord en ébahissement devant l'innombrable cohue des canards rouges, couvés par sa poule noire. Assurément, il n'avait jamais rêvé pareille postérité.

Le duc de Tartufe, encore passe! et même le docteur Tartufe, et à la rigueur Tartufe directeur ou Tartufe « honorable préopinant »; mais tous ces Tartufaldins, tous ces Tartufiquets, tous ces Tartufeux et tous ces Tartufards au cent, au tas, au sac, à la hottée, oh! Molière n'avait pas deviné cela! Il saisirait une gaule s'il ne trouvait pas de plume sous sa main, et dauberait...

Ici, Jean s'interrompit de nouveau pour crier :

— Bonif! scélérat! vas-tu finir!

Bonif n'était peut-être pas encore un scélérat, et je dois dire qu'il est devenu avec le temps un garçon d'esprit et de bonne conduite, mais c'était le fils d'un sauvage de

Paris, et il se laissait aller volontiers à des fantaisies que la bonne Madeleine seule trouvait drôles.

Madeleine en effet était du parti de Bonif contre Berthe, qu'elle appelait parfois « la demoiselle », non sans une certaine amertume.

Dans le cas présent, Bonif avait imaginé tout uniment de nourrir Berthe avec de l'herbe, qu'il introduisait de force dans sa bouche, et la fillette, perdant la respiration, poussait des cris inarticulés. Jean s'élança, la canne à la main, mais Bonif était déjà à l'autre bout de la pelouse, et l'incident n'eut pas de suites.

— Voilà! me dit Jean, quand il reprit sa place auprès de moi. Ce hanneton de Bonif m'est tombé sur les épaules, un jour, par Tartufe, et je n'en veux pas à Tartufe pour cela, car Bonif est une petite bête fauve qui s'apprivoisera : c'est déjà commencé. Il récite son catéchisme sans faute.

J'étais venu aujourd'hui pour te raconter ma première communion et celle de Marie. En chemin, l'idée m'est arrivée de t'esquisser à bâtons rompus la grande scène de Molière aux prises avec la postérité de son Tartufe.

C'est « le livre à faire » ou du moins c'en est la préface.

Mais maintenant voilà ce Bonif qui me tient; Tartufe attendra son tour. Je vais te dire comment j'ai ramassé Bonif, misérable fruit tombé d'un arbre que la cognée du citoyen Tartufe avait touché et qui s'en mourait. Ça ne ferait pas mal dans le livre, si on trouvait un joint pour l'y glisser.

Seulement, c'est si vrai que ça a l'air inventé. Ecoute.

II

LE FOND D'UN TROU

Jean commença ainsi :

— Il n'y avait pas longtemps que j'étais converti, six ou huit mois peut-être, un an au plus. J'étais déjà ruiné à plate couture, bien entendu, puisque c'est la perte de ma fortune qui m'a ramené à Dieu.

Ah ! je ne suis pas fier d'avouer cela, quand je pourrais dire que je fus terrassé en Dieu par la mort de ma fille.

Ce serait moins vulgaire, et je ne mentirais pas beaucoup en le disant, car la perte de mon argent n'a laissé en moi aucune trace ; jamais je n'en parle à Dieu, tandis que je lui parle sans cesse de Marie... la seconde Marie, tu sais, la fille de celle qui me donna le grand cheval à ressorts. La mort de cette enfant-là est restée er're Dieu et moi comme un lien de douleur, de repentir et d'espérance que nulle force ne saurait briser...

Nous vivions seuls, Madeleine et moi, dans ma tanière,

que je venais de louer et où elle avait bien du mal à
s'habituer après avoir eu son hôtel. Les garçons et les
filles s'étaient éparpillés de ci, de là; ils sont tous assez
bien placés, tous et toutes; pour nous, en somme, les
châtiments de la Providence ont été pleins de douceur,
et si Madeleine n'avait pas le souvenir de « sa voiture »,
qui la hante les jours de pluie, ce serait la plus heureuse
vieille du monde, car elle s'attache à ce qu'elle voit, et
Bonif, qui ne lui est de rien, suffit à lui remplacer tous
les autres : j'ai connu de meilleures gens que nous, c'est
certain.

Un soir du mois de juin, je dis à Madeleine :

— Fais rôtir ou grille un petit morceau de quelque
chose pour l'emporter et le manger froid demain. Si tu
veux, nous irons à la campagne, loin, loin, j'ai besoin
de faire dix lieues, ou douze, à pied.

Madeleine se mit à rire et me répondit :

— Pauvre monsieur, tu en aurais bien fait quatorze,
autrefois!

Elle disait vrai, et quinze aussi, et vingt, et davantage;
à l'âge de seize ans, j'avais été d'Angers à Tours, de mon
pied, entre six heures du matin et onze heures de nuit.
Je ne sais pas combien on compte maintenant de kilo-
mètres, mais il y avait en ce temps-là vingt-sept lieues
de pays. Une autre fois, j'ai fait deux volumes de librairie en six jours. Ce sont des exploits de cheval de flacre.

Mais j'étais vieux, maintenant, et Madeleine avait raison de rire.

— Où irons-nous comme cela? me demanda-t-elle.

— N'importe où, à Saint-Germain, si tu veux, nous
aurons la forêt devant nous.

Elle fit rôtir je ne sais quoi et le lendemain, de bon matin, nous partîmes, moi, les mains libres, elle avec son panier de provisions au bras. Elle était de brave humeur. Cela lui rappelait d'autres temps encore plus lointains que le temps de sa voiture.

Moi, je dévorais le boulevard Bosquet et l'avenue Joséphine par où nous gagnions la route de Courbevoie. J'étais seulement contrarié que Saint-Germain fût si près, et je me disais :

— De pousser jusqu'à Rouen, ce serait trop pour Madeleine...

Il faisait beau temps, mais chaud, malgré l'heure matinale. Au pont de Neuilly, je commençai à réfléchir; au haut de la côte de Courbevoie, j'étais en nage et je me couchai tout pantelant dans un de ces singuliers champs qui sont au revers du Mont-Valérien, du côté de Nanterre. Je les connaissais bien. On y cultivait autrefois des roses pour les bouquetiers roulants, mais le sable qui est là, partout, à fleur de sol, a monté sur la terre végétale. C'est maintenant une suite de terrains vagues, gris et mornes, où l'on voit errer des soldats engourdis dans des sentiers à moutons qui ne mènent nulle part.

De temps en temps il s'y entame de mystérieux travaux stratégiques qui ajoutent à la mélancolie du lieu. Les Parisiens n'y viennent jamais. Ils connaissent le Mont-Valérien comme la lune, d'un seul côté : c'est, du reste, leur manière d'envisager toutes choses.

Au fond, je suis un Parisien et un parfait badaud; comme le sommet du Mont-Valérien me cachait Paris et même le bois de Boulogne, j'éprouvai la sensation du premier navigateur quand il cessa d'apercevoir le rivage.

Je déclarai l'endroit superbe parce que je n'en pouvais plus de fatigue et je m'étonnai qu'on n'y eût point encore bâti une ville florissante. Madeleine qui n'est pas méchante me répondit que cela viendrait peut-être avec le temps.

Ce qu'il me fallait, c'était de l'ombre, car le ciel était sans nuages. Il y avait un vilain petit bosquet d'acacias dont les maigres feuillées criblaient les rayons de soleil comme un sas. Je le proclamai forêt vierge et dès que nous y fûmes, je m'écriai :

— Campons ici, à la fraîcheur. J'espère que nous avons bien gagné notre déjeuner!

— Pour ça, oui, monsieur, me répondit Madeleine, tu as déjà fait plus d'une demi-lieue sur tes quatorze!

Le panier aux provisions fut ouvert, il contenait du pain frais, de la viande froide, un angle aigu de fromage de Brie, des cerises et une bouteille de vin entamée. C'était une partie de campagne dans les règles.

Nous sommes de braves appétits, Madeleine et moi, et nous mangeâmes solidement, mais le vin était court et nous avions grand soif. Je souhaitai de l'eau.

Or, ce qui a empêché jusqu'à présent d'établir une ville florissante dans les terrains vagues du Mont-Valérien, c'est peut-être le manque de fontaines. Il n'y a là qu'un puits qui tarit par les temps secs. Après avoir promené sur les environs un regard investigateur, je dis :

— Vois-tu cet ermitage, là-bas, dans le pli de terrain? J'y passerais volontiers ma vie.

— Eh bien, pas moi, repartit Madeleine.

Jamais je ne me fâche quand elle n'est pas de mon avis. Je repris :

— Pour le moment il ne s'agit que d'y aller chercher de l'eau. Ça n'a pas l'air riche : si on est poli avec toi, tu laisseras une petite pièce sur le coin de la table.

Madeleine alla et revint avec de l'eau dans une bouteille fêlée. En me tendant la bouteille, elle avait les larmes aux yeux.

— Pourquoi pleures-tu? lui demandai-je. Tu ne t'es pas querellée avec de mauvaises gens?

Au lieu de me répondre, Madeleine eut un sanglot et demanda à son tour :

— Monsieur, as-tu encore ton écu de cent sous?

Je dois te dire ici que ma vanité de poche n'était pas morte tout de suite après le changement de ma vie. Pour bien des choses, j'étais déjà humble jusqu'à la fanfaronnade, ce qui ne vaut rien, et je me le reproche, mais pour d'autres je gardais en moi un bon reliquat de dindonisme. Ainsi la pièce de cent sous à laquelle Madeleine faisait allusion ne quittait point mon gousset. Elle faisait partie de ma toilette. Je ne la changeais jamais et j'avais grand tort, puisque je connaissais des gens encore plus pauvres que moi. A la question de Madeleine je répondis :

— Que je l'aie ou que je ne l'aie pas, cela ne fait rien puisqu'on ne peut pas s'en servir.

— Ah! s'écria-t-elle, monsieur, pauvre monsieur, tu as pourtant bon cœur, c'est certain. Si tu voyais pareille misère, tes cinq francs brûleraient ta poche!

J'avais mon verre d'eau à la main, mais je me mis sur mes jambes au lieu de boire, et je galopai vers ce que j'avais appelé un « ermitage ». Je ne puis dire que le souhait d'y finir mes jours, exprimé par moi tout à l'heure, fût bien sérieux, cependant, je suis myope et le fait est que je l'avais très vaguement aperçu de l'endroit où nous déjeunions.

Ce n'est pas à toi qu'il faut apprendre qu'on trouve assez fréquemment dans le désert parisien de ces toits à vagabonds auprès desquels on passe avec le soupçon confus qu'ils peuvent avoir servi de retraite à un homme, un jour ou l'autre. Tu as joué de cela beaucoup trop; tu as décrit ces refuges isolés ou réunis en cités de misère et constituant ce que les pauvres eux-mêmes, dans leur douloureuse gaieté, appellent des « Californies ».

Ce que tu as fait ainsi est curieux et vrai jusqu'à un certain point; tôt ou tard tu regretteras de l'avoir fait parce qu'il est peu digne de rechercher le côté purement curieux de la grimace arrachée à une grande souffrance.

Tu n'as jamais flatté les haines si excusables de cet étrange peuple, c'est déjà quelque chose, mais as-tu essayé de les calmer? As-tu jamais montré d'un doigt vaillant à ces condamnés de la terre l'évidente, l'opulente compensation qui leur est offerte dans le ciel? Ils auraient ri, n'est-ce pas? Tu as eu peur de cela. Poltron!

Je suppose bien que tu ne plongeais pas sans bourse délier au fond de ces détresses. Tu ouvrais tes deux mains... ouvrais-tu ton cœur? Tu te montrais bienfaisant là où il aurait fallu être charitable. Et n'affecte pas l'ignorance, tu le sais aussi bien que moi : la bienfaisance est de la pitié, mais la charité est l'amour même!

Il s'arrêta, je lui tendis ma main qu'il balança selon sa coutume en hochant la tête avec lenteur.

— C'est bon, reprit-il, je coupe mon sermon puisque tu es sage, mais laisse-moi te le dire, s'il poussait un brin de dévouement, j'entends du vrai, dans l'égoïsme paresseux des honnêtes gens tels que toi, Tartufe athée et l'absinthe n'auraient pas si beau jeu à empoisonner la mansarde...

Rattrapons nos moutons : il n'y a pas de *Californie* au revers du Mont-Valérien. Ce qu'il m'avait plu de prendre pour un ermitage était une de ces malheureuses huttes de Hurons décivilisés qui chancellent autour de Paris, dans les recoins abandonnés par la culture. Elles restent là, soit que le maître du sol les y tolère, soit qu'il ignore leur existence, jusqu'au jour où quelqu'un qui a droit vienne dire à l'intrus : « Va-t'en. »

Je me souviens d'une des huttes de tes livres que tu avais bâtie avec des plâtras, des os, des pots cassés, de la houille, du mâchefer, des tisons, des pavés, de la boue et des boîtes à sardines. Elle est vraie, je l'ai vue entre Clichy et Saint-Ouen; mais ici c'était tout bonnement une ancienne cabane de berger, sur roues, abandonnée pour cause de vétusté et qu'on avait enterrée à moitié sous des débris de toute sorte, pour la consolider.

Le corps de la cabane formait comme un moule qui soutenait à pic les débris, et en même temps les débris calaient la décrépitude des planches. Le vent n'y pouvait rien parce que c'était dans un trou, mais pour faire avec le tout un tas de poussière il aurait suffi d'un coup de pied.

J'allais du plus vite que je pouvais; Madeleine, qui s'était attardée à remettre le restant des provisions dans le panier, suivait par derrière et me criait de loin :

— Monsieur, tu sauras que je n'ai pu laisser une petite pièce sur un coin de table. parce que je n'ai pas d'argent et qu'il n'y a point de table. Ce n'est, bien sûr, pas un bon pauvre, il empeste l'absinthe; mais il est là par terre, dans un sac, et je crois qu'il se meurt... et le petit enfant crie en rampant tout nu comme un ver. Regarde à tes pieds, quand tu entreras, crainte de l'écraser.

Je passais justement le seuil de la loge et l'avis n'était point superflu, car une misérable petite créature, en chemise ou plutôt en lambeaux de chemise, se traînait en travers de la porte. Cela pouvait avoir deux ans ou un peu plus : un pauvre joli minois affreusement barbouillé et des membres bien conformés, malgré leur maigreur. Il criait. Le cri était bon, je m'y connaissais et je me dis :

— Il n'y a pas encore trop longtemps qu'il a faim.

Aussitôt entré, je fus pris à la gorge par une effrayante puanteur, faite de fumée de tabac, d'absinthe, de mort et de misère.

— A boire, râla une voix creuse dans l'ombre, à droite de la porte.

Bien entendu, il n'y avait point de fenêtre. Je regardai; je ne vis que du noir, mais je pensai :

— Celui qui a parlé doit être bien bas!

Je m'y connaissais encore. La voix creuse reprit :

— Etes-vous des Saint-Vincent de Paul, vous? Est-ce que ces oiseaux-là viennent travailler jusqu'ici? On n'en mange pas chez nous... C'est pas l'embarras, la pauvre Adèle demandait assez un curé... C'est bête... Et des jambes pour aller en chercher! Et puis ça ne vient que pour de l'argent, les curés!

— Il y a un autre sac! s'écria en ce moment Madeleine qui entrait à son tour et regardait à gauche de la porte : c'est une femme qui est dans celui-là!

Le petit s'accrocha à ses jupes en criant : « Maman!

maman! » Et mon sac à moi, celui de droite, se mit à rire si lugubrement que j'en eus la chair de poule par tout le corps.

— Regarde voir, dis-je à Madeleine, je crois bien que la femme doit être morte.

En même temps, je me penchai au-dessus du sac que j'avais découvert le premier. Ma vue s'habituait à la demi-obscurité. Je distinguai une figure hâve et terriblement décomposée, où grimaçait un rire douloureux. La lèvre inférieure pendait et laissait voir de bonnes dents, entre lesquelles tenait le tuyau d'une pipe éteinte.

— Oui, elle est morte, dit encore Madeleine qui était auprès de l'autre sac.

— C'est donc ça, fit l'homme, qu'elle a laissé aller le marmot. Pas l'embarras! Voilà du temps que je ne l'entendais plus bouger ni geindre.

— Monsieur! Monsieur! s'écria Madeleine, ne reste pas ici, on gagnerait la peste!

— C'est bête! dit l'homme : la peste! Est-ce qu'elle a eu le temps de *se gâter!* C'est de cette nuit qu'elle a parti, pauvre Adèle! Et dès qu'elle n'a plus été là pour le tenir, le petit s'est échappé, comme de juste pour faire les cent coups, c'est de son âge. Et il a cassé sans malice le dernier litre d'absinthe qui s'est répandue, voilà pourquoi ça embaume.

— Maman! eh! maman! appelait l'enfant.

Il n'y avait aucune méchanceté dans l'accent du malheureux homme, qui lui répondit avec fatigue :

— Va, va, appelle maman, ça ne la gêne pas!

Il riait son rire épuisé, mais le râle qui sortait de sa gorge n'était pas celui de l'agonie. Ce n'était pas non plus tout à fait le hoquet de l'ivresse. Il y avait de ceci et de cela, et l'hébétement qui le cherchait était combattu par je ne sais quel restant d'intelligente bonhomie.

Il en est qui meurent enragés, mais d'autres arrivent à un état neutre et relativement paisible. Les trois poisons du sauvage de Paris : l'absinthe, la misère et la haine engendrent des symptômes très divers, selon les tempéraments, et Tartufe-libérateur n'assassine pas tous ses clients de la même manière. Mon sauvage à moi était plutôt un paisible, et il avait fallu peut-être bien des leçons données par les professeurs de haine, pontifes du dieu Néant, pour le réduire au désespoir.

Il avait nom Blot, Pierre Blot, et l'enfant qui rampait dans cette caverne était Bonif, ou du moins devait être Bonif, car il ne fut pourvu d'un nom que dans l'après-midi de ce jour-là. Pierre l'appelait « le petit »; il avait l'air de l'aimer assez. Tu vas voir tout à l'heure d'où venaient la nudité de l'enfant et la maladie du père.

Pierre Blot causait donc d'une voix épuisée, mais assez tranquillement dans son sac et disait en parlant de la femme morte, non sans une nuance de regret très amical :

— Ça lui restait du catéchisme, l'envie qu'elle avait de voir son prêtre. Penser qu'on fait encore le catéchisme au lieu d'instruire le peuple! Elle avait toutes ces bêtes d'idées-là en grand. Ça la taquinait aussi de s'en aller avant d'être mariée au légitime; à quoi ça sert? à engraisser les curés. Il y avait du temps qu'elle toussait de la poitrine; moi, j'ai le coffre bon, et avant l'accident de mes jambes, je ne souffrais que de ma faim et de ma soif. Je suis abîmé, mais je suis fort, et encore à présent, sauf les jambes, je me porte mieux que vous. C'est l'absinthe qui manque.

Madeleine s'était agenouillée devant l'autre sac et tenait l'enfant dans ses bras. Pierre ne la voyait plus, parce que je la lui cachais. Il sortit une de ses mains pour frotter ses yeux, et je crois bien qu'une larme le démangeait, car il dit :

— On se disputait bien de temps en temps, moi et elle, rapport à ses idées de cagoterie, mais je ne l'ai jamais battue dur comme il y en a qui assomment les poitrinaires. Je trouve ça lâche. Tant qu'elle a eu la force de radoter, elle a radoté à son aise des bon Jésus et des sainte Vierge. C'est bête! au dix-neuvième siècle!

— Vous savez lire? demandai-je à ce dernier mot qui est de la langue imprimée.

— Ah! je crois bien! ce n'est pas à moi qu'on peut conter des farces!... Mais n'empêche qu'elle aimait rudement le petit. Et qu'est-ce que je vas en faire, moi, du petit, à présent, tout seul?

— Voulez-vous que nous causions de cela! demandai je.

Son rire devint mauvais et il essaya de ravoir sa pipe qui s'était échappée de ses dents. Je la lui rendis et il grommela :

— En êtes-vous vraiment des oiseaux de Saint-Vincent de Paul?

— J'en suis, répondis-je, mais malheureusement il n'y a pas longtemps.

— Des farces! répéta Pierre Blot, et de sa voix cassée, il essaya de chantonner : « Hommes noirs, d'où sortez- « vous? »

— Silence, fit Madeleine révoltée, attendez au moins qu'elle soit en terre!

Pierre cessa de chanter aussitôt en murmurant :

— Ça, c'est juste, je n'y pensais plus, mais je ne suis pas un sans cœur.

Madeleine s'était relevée et donnait la becquée au petit avec ce qui restait dans le panier aux provisions. Elle s'aperçut à ce moment que je tenais la main de Pierre pour lui tâter le pouls, et s'écria :

— Monsieur, tu n'as pas de bon sens! tu vas gagner du mal à toucher celui-là!

— Tais-toi, ma bonne fille, répondis-je. Au premier moment je me suis trompé, il n'est pas bien malade... ni bien mauvais non plus, j'en suis sûr, dans le fond. Voyons, apporte-lui quelque chose du panier. Nous sommes déjà une paire d'amis, nous deux, nous causons, et de manger cela lui donnera de la force.

Mais Pierre me regarda en face et me dit avec dureté:

— On n'a pas faim, merci. On a entendu parler des croûtes de Saint-Vincent de Paul. Ça n'est pas bon, et ça déshonore!

— Ami Pierre, lui dis-je, vous avez tort d'outrager ce que vous ne connaissez pas. Ce n'est point pour vous donner une misérable bouchée de pain sec que Saint-Vincent de Paul frappe à votre porte. Mais vous avez raison de dire et de penser que le pain qu'on gagne soi-même par le travail est le meilleur de tous. Faites bien attention à ceci : je ne sais pas ce que vous valez, mais je sais que je ne vaux pas mieux que vous aujourd'hui, et que je valais moins hier, puisque j'étais plus riche.

— Ah! ah! fit-il, vous n'aimez pas les riches? Alors ça

se pourrait que vous êtes encore plus trompé que menteur puisqu'il n'y a pas longtemps que vous êtes dans le régiment de la calotte.

Il me regardait avec une certaine bienveillance. Comme cela me fatiguait de rester courbé au-dessus de son sac, je m'étais assis par terre et ma figure était au niveau de la sienne. Je ne crois pas qu'il fût possible de trouver une face ravagée plus profondément. Il paraît qu'il appréciait de son côté mes avantages physiques, car je l'entends grommeler :

— *Drôle de binette!* ça n'a pas l'air d'avoir de méchanceté pour un sou!

Je me disais justement la même chose de lui en d'autres termes. Et je me sentais l'aimer dans sa chute misérable.

Et j'étais content, et j'étais surtout reconnaissant de l'aimer.

Car la simple pitié a ses bornes étroites; elle ne résiste pas à ce qui répugne violemment. Il m'est arrivé de reculer tout éperdu quand j'ouvrais une porte par où l'effrayante asphyxie de la misère me sautait au visage. Par ma nature, d'ailleurs, je ne suis pas très bon, et de mon propre mouvement je ne puis avoir longtemps compassion de l'abominable. C'était donc Dieu qui me tenait, c'est-à-dire la charité, miracle permanent qui devient la vie même de ceux qui sont en Dieu.

Bien entendu, en parlant ainsi, je ne parle plus de moi. Je tâche d'être en Dieu, mais il y a loin de l'effort tenté à l'œuvre achevée, et si je t'avoue la joie que j'avais à sentir en moi, dans ce repoussant milieu, l'attrait de la vraie charité, c'est donc que je n'en avais pas tout à fait l'habitude.

Pourquoi ne pas le dire? J'ai bien de la peine. Tout devoir accompli ne porte pas avec soi la plénitude de sa récompense. Il y a des heures pour la grâce, et selon saint Augustin, paraphrasé par l'auteur de l'*Imitation*, les heures qui comptent pour le salut sont précisément celles où nous frayons notre voie sans le secours de la grâce. Cette pensée resplendit dans Bossuet. Mais n'est-ce pas la grâce seule qui peut nous soutenir en l'absence apparente de la grâce?... As-tu achevé de lire l'*Imitation* que je t'ai prêtée?

— Oui, répondis-je, c'est très beau.

— Vraiment! fit-il avec sa goguenardise revenue.

— C'est très beau, continuai-je, mais cela ne me va pas.

— Ah! bah! cette pauvre *Imitation!*

— Je préfère Bossuet, les *Méditations sur l'Evangile*...

— Et surtout l'Evangile? Allons, tu n'es pas dégoûté! Pierre Blot, lui, entre l'*Imitation* et Bossuet, n'avait pas de préférence bien marquée. Il s'apprivoisait, cependant, petit à petit, et bientôt il se retourna vers moi tout à fait pour me dire:

— Adèle, c'était la poitrine, moi, ça m'étouffe de temps en temps du côté du cœur, mais le coffre est bon, et ce n'est pas dangereux. Je ne sais pas ce qu'il faudrait pour me finir, puisque j'ai résisté encore cette fois. Avez-vous envie de savoir qui on est, d'où on vient et ce qu'on était venu faire ici?

— Oui, répondis-je; envie et besoin.

— Tiens! pourquoi besoin? Enfin n'importe ce sera vite dit, et c'est l'histoire de bien du monde. Allons-y!

III

UN SUICIDE

Pierre Blot reprit :

— Adèle et moi on n'était pas mariés, n'est-ce pas, je n'ai pas l'air de celui qui donne là-dedans! mais c'était tout comme. On s'aimait bien, on travaillait quand l'ouvrage allait et on était dur à la faim et à tout, car on n'avait jamais été sans souffrir, depuis le jour où on était né.

Pas d'habitudes, excepté de fumer. Je me mis à boire la goutte quand on commença de payer des tournées pour mieux choisir le candidat au Conseil municipal. On s'éclairait les uns les autres, pas vrai! ça donne soif. La grossesse d'Adèle arriva, et la maladie avec; elle devint ennuyante; je rentrai plus tard pour ne pas l'entendre toujours geindre, et je prenais goût à la politique qui arrose. Le petiot vint; Adèle arrêta tout à fait de travailler; elle voulait qu'on le baptise, moi pas; alors, dame, je redoublai de boire contre la tristesse. Faut ça; si on ne s'égayait pas l'esprit, autant être des machines!

Ça allait donc bien déjà pour la boisson, mais je n'étais pas encore à l'absinthe, parce que je ne pouvais pas la souffrir par mon goût. Je disais : « C'est de la drogue de mauvaise médecine! » L'absinthe n'est venue qu'aux grandes élections, quand Mazagran commença à parler contre les vieux ratapions de 1848. Ah! on s'échauffa, les uns pour les anciennes barbes, les autres contre, fallait voir! L'absinthe; c'est pire qu'un métier à apprendre. On peine durement pour s'y faire, et puis on ne peut plus s'en passer. C'est comme la politique qui vous assomme au commencement...

— Et on finit par y croire, dis-je malgré moi.

Pierre Blot me regarda entre les deux yeux et haussa les épaules.

— Si on y croyait seulement! murmura-t-il.

Puis il reprit avec humeur :

— Allez! on n'est pas plus bête que vous! On sait que les farceurs sont des farceurs, puisqu'on avait entendu chanter les vieux avant d'entendre les jeunes chanter. C'est toujours le même air et les mêmes paroles. Les vieux voulaient faire leur affaire et ils l'ont faite; les jeunes viennent contre eux pour faire leur affaire, à leur tour et ils la feront. Les vieux n'ont fait que leur affaire, les jeunes ne feront que leur affaire...

— Mais les vôtres, à vous, demandai-je, vos affaires?

— Il paraît, me répondit Pierre Blot, sans sourciller, que nos affaires à nous, ça ne se peut pas encore tout de suite. Faut attendre!

— Et vous obéissez quand même à ceux que vous
appelez des farceurs?

— Quand même.

— Pourquoi?

— Parce qu'ils démolissent.

— Et après?

— Eh bien, après... ça fait toujours plaisir. Ils tuent
Dieu qui est le mal; peut-être qu'à la fin des fins, ça amè-
nera quelque autre chose de meilleur que Dieu.

Je restai court. Je songeais à la facilité prodigieuse du
métier de Tartufe-athée. Il n'a besoin, celui-là, ni de
logique, ni de savoir, ni de rien. Il n'a pas même besoin
de tromper son Orgon, qui prend ce soin-là tout seul.

Pourvu qu'il « démolisse » le bien en l'appelant le mal,
son Orgon lui passe tout le reste. O Seigneur! que votre
mystérieuse providence soit bénie! Les hommes se demandent souvent pourquoi vous avez élargi et aplani si étran-
gement les sentiers où marche le mensonge, mais n'est-ce
pas l'évidence? Et le mensonge incessamment vainqueur
sur la terre n'est-il pas chargé de nous démontrer la vérité
du ciel?

Pierre Blot, bien entendu, ne donnait ce nom de Tartufe
ni aux vieilles barbes ni aux jeunes ténors de la démo-
lition, mais il continuait ainsi leur éloge :

— En attendant, ils roulent en voiture et nous boitons
à pied dans nos souliers éculés, quand nous en avons; ils
ont des hôtels pendant que nous logeons dans des trous,
quand nous ne sommes pas jetés contre la borne; ils mangent du cher, ils boivent du fin, et leur pipe *culottée* est
une attrape qui ne les empêche pas de fumer des cigares
de milord, dont chacun vaut le prix d'un pain de quatre

livres. Autrefois ils s'en cachaient, maintenant ils s'en vantent, et qu'est-ce que ça nous fait? Nous sommes pour les nommer députés, nous les nommons députés: ils sont bons députés puisqu'ils abîment tout. Aussi, quand ils viennent nous faire leur boniment, on leur permet maintenant de ne plus salir leurs mains tout exprès avant d'entrer chez nous, comme on met des gants beurre frais pour aller en société. Nous savons qu'ils ne croient pas un mot de ce qu'ils nous disent; on s'en bat l'œil. *Ça n'est pas la question*, comme ils radotent à l'assemblée. Qui donc, d'ailleurs, croit ce qu'il dit? moi peut-être, quand je dis que je ne crois à rien... et encore! Il y a des moments où mon cœur me fait si grand mal que j'ai le sifflet coupé. Alors, quand l'haleine me manque, l'idée me passe que je vas *claquer*, et je n'ai pas peur, oh! non, mais j'ai froid dans mes os, preuve que je ne suis pas bien sûr de dormir la mort des chiens, c'est bête!

Il s'arrêta épuisé et si terriblement défait que moi aussi, j'eus l'idée qu'il allait mourir là tout d'un coup. J'avais sa main dans les miennes; elle était glacée et mouillée.

Je ne sais pas s'il y a une malédiction dans le fait d'avoir tenu une plume. Je voulais être tout entier à ce malheureux et j'aurais donné de mon sang pour trouver en moi les paroles qu'il fallait pour la guérison de son âme; mais la tyrannie de mon ancien métier m'opprimait.

J'ai essayé de te rendre le langage de Pierre Blot tel qu'il était et tu as dû penser que je faisais maladroitement « du style ». Non, c'était comme cela, et dans ma douloureuse émotion qui, Dieu merci, était sincère, j'épluchais, je *critiquais* malgré moi ce langage où l'honnête français de l'ouvrier se mélangeait à peine de quelques mots d'argot, mais s'égarait parfois jusqu'à des façons de parler qui n'étaient point du peuple.

Je dois ajouter que tout cela était enveloppé et comme noyé dans l'accent particulièrement ignoble du *voyou de Paris*, rendu plus repoussant par cette fatigue chronique des lèvres et cette épaisseur de la langue qui dénotent l'habitude invétérée de l'ivresse.

Je cherchais de tout mon cœur un mot à dire et je n'en trouvais point. Les dernières paroles de Pierre Blot semblaient me tendre la perche, puisqu'il avait émis de lui-même un doute sur la sincérité de sa complète perdition.

Il est très rare que je reste court, mais cette fois j'avais le malheur d'*observer*, et rien n'avilit l'émotion comme cet espionnage littéraire, vieille manie, hélas! invétérée chez moi comme la soif de l'ivrogne chez le pauvre Pierre Blot!

Au lieu de parler je secourus Pierre de mon mieux, matériellement, et il en avait grand besoin, car sa respiration s'était arrêtée, et ses yeux tournaient. Ah! Tartufe émancipateur ne mène pas paître son troupeau dans de gras pâturages! En soutenant Pierre relevé dans mes bras, je le sentais à travers la toile de son sac, anguleux et léger comme un squelette.

Madeleine était sortie avec le petit, qu'elle avait enveloppé de son châle pour l'endormir au bon air du dehors. Pendant que Pierre retrouvait péniblement son souffle, j'entendais la voix un peu chevrotante, mais si douce de ma vieille femme qui chantonnait le Noël du pays, avec lequel tous nos enfants à nous avaient été bercés. Elle disait :

> J'ai vu du saint paradis
> La porte tout' grande,
> L'enfant Jésus avait mis
> Sa belle guirlande.
> La bonne Vierge à genoux
> Faisait risette et joujoux :
> Mon petit Seigneur si doux
> Aura mon offrande.

Pierre retrouvait justement sa respiration. Il remercia du regard et son regard était bon. Sa figure, en ce petit moment de bien-être, et si on l'isolait des objets qui l'entouraient, valait bien mieux que son langage. Il me dit:

— Vous avez cru que j'allais passer, pas vrai? Mais ce n'est pas si dangereux que ça en a l'air. Je suis fort et le coffre est fameux... Qu'est-ce qu'elle roucoule, la dame?

Il prêta l'oreille au chant de Madeleine et quand il eut saisi les derniers vers, il reprit son air mauvais pour s'écrier :

— Ah! mais non! n'en faut pas! c'est trop bête! On est abruti c'est vrai, mais pas comme ça. Si votre petit Jésus était dans votre paradis ou ailleurs, au choix, est-ce qu'il laisserait travailler nos farceurs de cantine? Nos farceurs à nous qui sont nos maîtres et nos domestiques?... Que nous les servions, tout en les méprisant, ça se conçoit puisqu'ils saccagent et ravagent, puisque leurs dents sont des crocs qui piochent les fondements de votre vieille baraque sociale...

— Vous n'êtes pas né ouvrier! dis-je en l'interrompant malgré moi, car j'avais eu dessein de me taire.

Pierre cessa de me regarder.

— Je ne sais pas ce que je suis né, répondit-il tout bas en ramenant la peau de son front sur ses yeux.

Puis soudain, dressant contre ma figure sa face blême où éclatait à l'improviste une redoutable conscience, il ajouta entre ses dents serrées :

— Non, je ne sais pas... mais je hais mon père et ma mère!

— Ils sont vivants? demandai-je.

— Pas pour longtemps, si ça dépend de moi!

Je frissonnai, mais il se mit à ricaner comme au commencement de notre entretien, puis il reprit :

— Ne craignez pas. Je fais des figures de rhétorique, comme dit mon journal, un bon! qui tape la calotte, faut voir! Et devinez où j'ai appris à lire mon journal? chez les Frères...

— Ah! m'écriai-je, vous avez été chez les Frères?

— Oui.

—- Et vous les détestez?

— Oui... à présent.

— Ils vous on fait du mal?

— Non... je me suis fâché, assez dur comme ça, contre le premier malin qui m'a dit : « Il n'y a pas de bon Dieu », mais mon père a poussé à la roue, ma mère aussi...

— Qui sont-ils donc, votre père et votre mère?

— Un coquin bien malade et une coquine qui se meurt, mon journal le dit. Le coquin, c'est l'ancien monde, la coquine, c'est votre société encore plus ramollie que méchante. Quant à mon père en chair et en os, il n'a eu garde de me dire son nom, ma vraie mère non plus. Je les gênais; à l'une je rappelais une honte certainement, à l'autre un crime peut-être; ils m'ont abandonné tous les

deux, ils ont bien fait. C'est l'enfant comme moi, ce sont
les enfants semés par le vice bourgeois, bien sage, bien
décent, bien lavé, bien renté, bien respecté, les milliers,
les millions d'enfants trahis, jetés hors de la maison,
déposés à gauche de la grande route comme on entasse les
ordures le long des trottoirs, c'est nous, les rebutés, qui
prendrons le trottoir, et la rue, et la maison, et tout!
Quand même il y aurait un Dieu, il serait avec nous, mais
nous n'en voulons pas; on nous a mis hors de Dieu comme
du reste! Et je conseille aux bourgeois, nos papas, de nous
parler de famille! Ils sont jolis dans ce rôle-là! Et de
patrie! La famille, c'est l'héritage, la patrie c'est la terre
des aïeux, ni père, ni mère, ni frères, ni sœurs, par conséquent ni famille, ni patrie!... Eh bien! nous laissons tout
le reste, mais nous voulons une patrie. Nous y avons droit.
Et comme notre patrie est possédée par nos papas dont
nous ne sommes pas les héritiers, par leurs dames qui ne
sont pas nos mères, par leurs jeunes messieurs qui ne sont
pas nos frères et par leurs demoiselles qui ne sont pas nos
sœurs, nous balaierons tout ça, mort ou vif, cru ou cuit,
à coups de votes, à coups de fusil, comme ça se pourra...
et ils ont bien tort, entendez-vous, ceux qui nous accusent
de vouloir partager... Partager avec qui? Nous ne parta-
gerons rien, avec personne, nous prendrons tout! D'abord
pour avoir tout, et ensuite pour que nos papas n'aient
plus rien. Voilà l'ordre et la marche!...

Jamais je n'interrompis Jean. Mais comme il s'arrêta
ici pour reprendre haleine, je lui dis :

— Vieux socialiste, ce n'est plus ton Pierre Blot qui
parle, c'est toi!

Il eut un sourire en essuyant son front mouillé de sueur.

— C'est, me répondit-il, le travers des plus grands écrivains de ce temps-ci, qui commencent toujours par faire parler leur Pierre Blot et qui finissent par bavarder eux-mêmes. Tu as bien fait de me rappeler à l'ordre. Quand ma marotte du vice bien habillé me tient, on ne sait pas jusqu'où je peux aller, et au temps où je faisais encore des livres, j'ai soutenu cette thèse (assez brillamment, ma foi!) que la grande et salutaire chose qui s'appelle la LÉGITIMITÉ, dans le langage politique, est morte du vice majestueux et collet monté des « belles années » de Louis XIV, encore plus que du vice débraillé de Louis XV.

Une institution fondée sur la loi de famille doit respecter la loi de famille ou périr.

Les accommodements de conscience n'y peuvent rien. Le vice et les produits du vice sont la Révolution même. Ceux qui firent asseoir le vice sur le trône en pourrirent le bois si profondément que le trône manqua des quatre pieds à la fois quand la vertu de Louis XVI pesa dessus.

A ce propos, et pendant que nous sommes arrêtés, je te ferai observer que Tartufe-bourgeois (le père de Pierre Blot), modéré, libéral, imbu de l'idée qu'il faut du catholicisme, mais que pas trop n'en faut, honnête homme en fait d'argent ou à peu près, détestant ce qu'il nomme « les excès » dans le bien comme dans le mal, mais détestant naturellement le bien encore plus que le mal, parce que si le mal lui fait peur, le bien lui fait honte et le gêne; Tartufe-Tartufissime, fidèle à la chèvre, constant au chou, partisan du poisson, friand de la chair, respectant toutes les apparences et prêchant surtout, oh! surtout! la religion dans la famille quand il n'est pas chez la maman du pauvre Pierre Blot; Tartufe tolérant, conciliant, fondant, pas méchant, pas bon, Tartufe de milieu, fleuri de concessions, de sagesse, de prudence, persuadé que Dieu et le diable se disputent devant le monde, mais s'entendent dans l'intimité, espérant bien que le monde ne finira que le lendemain de sa mort, à lui M. Tartufe-Philinte, après laquelle mort, il sera admis, non pas en paradis tout à fait, il n'y tient pas, mais dans un endroit sortable et moyen, hangar neutre, établi à l'usage des centres où l'on entrera sur le simple vu d'une carte de conservateur; je te ferai observer, dis-je, que ce Tartufe-là nous fournira une silhouette assez jolie pour notre livre à faire.

Seulement il ne faudra pas appuyer trop fort, parce que cela éloignerait beaucoup de bons clients en librairie : beaucoup.

C'est donc accordé, je te concède que je me suis mis à la place de Pierre Blot pour un instant et dans une certaine mesure, mais va, la mesure n'est pas bien large. Il est si vrai que Pierre Blot, dans sa langue de sauvage, exprimait, en effet, mon indignation de chrétien que je l'attirai contre moi, sans trop savoir ce que je faisais, pressant sur ma poitrine, et de bon cœur, le sordide paquet de sa misère.

Tu vois bien que je ne me vante pas, au contraire, je m'accuse : il y avait chez moi autre chose que de la charité : je suis limier, je flairais mon gibier Tartufe derrière Pierre Blot.

Mais il y avait de la charité aussi, de la vraie, et une compassion puissante, car je m'écriai les larmes aux yeux:
— Mon frère, mon cher frère, ô pauvre malheureux homme! que Dieu me fasse la grâce de vous exprimer combien ardemment je vous plains et je vous aime!

— Tiens! fit Blot qui me regarda avec étonnement, vous pleurez pour de vrai..., vous êtes peut-être mon papa!

Il essayait de rire, mais il paraît que la chaleur de mon élan l'avait ébranlé, car ses paupières aussi étaient mouillées. Il se roidit et gronda :

— Allons! est-ce que je vais larmoyer aussi? C'est trop godiche! Des farces partout! farceurs de la république, farceurs de la sacristie! Je suis en train de vous dire qu'on se sert de ceux-ci pour crever ceux-là dont vous êtes, avec leurs cousins, les farceurs de la rente et du commerce, et vous m'embrassez! Est-ce que vous croyez m'embobiner dans votre moitié de soutane en sortant de mon sac! Voyons, là-bas, répondez droit : que me voulez-vous, hé?

— Je veux, répondis-je, et bien droit, en effet, je veux écouter votre histoire. Je suis très pauvre. mais je ferai de mon mieux pour vous.

— C'est certain, murmura-t-il, en jetant un coup d'œil sur mes habits, que vous n'avez pas l'air d'un rentier. Et on dirait, c'est certain aussi, qu'il vous reste un brin de bon cœur...

Je reprends : j'étais donc ramasseur dans le coke, à l'usine de Courbevoie, et Adèle piquait des chaussures à Paris. Adèle ne savait pas lire, mais moi, j'avais de l'éducation assez, et le citoyen Mazagran, dont je vous ai déjà fait mention, un jeune, qui a le fil et qui se pousse de trente-six manières, me payait en promesses pour faire la lecture de ses petits livres aux camarades, avant qu'il eût fondé son journal. C'est là dedans surtout que j'ai appris la vérité vraie sur les hommes noirs et tout ce qui joue la comédie autour du bon Dieu.

Mazagran avait reçu, étant petit, la béquée chez un

curé, il en savait long sur leurs manigances. Son curé donnait tout ce qu'il avait, jusqu'à ses souliers, mais on connaît ça : c'était pour englober ceux qui marchent pieds nus.

Mazagran, lui, ne donne rien, pas si bête; mais il promet sans marchander, et n'empêche qu'on est avec lui parce qu'il a du talent, et du « toupet » en masse. Il prouve que c'est au tour de l'ouvrier de s'amuser, à la fin, et que le pauvre monde a souffert assez longtemps pour jouir en proportion. Ça nous va, et puis d'ailleurs, il tape sur la vieille bête de société, depuis le matin jusqu'au soir. Faut-il qu'elle ait la vie dure!

Et puis, encore, Mazagran a son discours des dimanches où il prend Dieu par une oreille pour lui dire bien en face: « Mais rebiffe-toi donc, Jésus, si tu n'es pas de bois! » C'est crâne ça! Et Jésus ne se rebiffe jamais! Et Mazagran a les poches pleines de l'argent qu'il gagne ainsi à dauber sur Dieu : donc il est plus fort que Dieu!

Adèle ne l'aimait pas par suite du préjugé, et disait qu'il crucifiait son Sauveur comme les Juifs du temps de la Passion. « Il lui arrivera malheur! » qu'elle chantait. Je t'en souhaite! Mazagran tire son journal à cinquante mille. Il est heureux comme un bossu. C'est moi qui l'ai tout le malheur, mais ce n'est pas par Dieu que mon malheur me vient, puisqu'il dure depuis ma naissance. Quel âge me donnez-vous?

— Quarante ans, à peu près.

— Vous n'y êtes pas! je n'en ai que vingt-sept. Ça compte double, comme les campagnes, les années de misère... Et j'ai été misérable toujours, toujours, — toujours! Où est Dieu là-dedans? Continuons. Il y eut donc

l'accident de mes deux jambes, mais ce ne fut pas encore
Dieu : c'est une charrette de coke qui me passa dessus, au
chantier. Je n'étais pas déjà bien solide; je sortais justement de l'hôpital où j'étais entré pour attaques de je ne
sais quoi qui ressemblait à du haut mal caduc. L'interne
m'avait dit que ça me venait de l'absinthe, et que si je
continuais l'absinthe, je finirais tout d'un coup. Tant
mieux, je n'aime pas languir... Savez-vous ce que c'est
qu'un anévrisme? Paraît que j'en couve un par-dessus le
marché, mais c'est égal, dans le fond, je me portais mieux
que lui: j'entends l'interne. Je suis fort; il n'y a pas plus
fort que moi dans Paris!

C'était Adèle qui était malade, et son travail n'allait
pas. Jeudi dernier, il y avait déjà quinze jours qu'elle
courait pour rien après l'ouvrage. Dieu n'aurait pas dû
la taquiner, celle-là, puisqu'elle était de son bord; mais
il ne sait ni qui l'aime, ni qui le déteste.

On demeurait à Courbevoie, et on avait vendu petit à
petit tout ce qui pouvait se vendre. Il ne restait plus que le
matelas. Il fallut bien le vendre aussi, et Adèle pleura en
me voyant couché par terre avec mes deux pauvres jambes
mortes. Quand je la vis pleurer, ça me mit en colère et je
lui dis :

— Ce serait d'en finir tout de suite!

Elle était si désespérée qu'elle ne songea plus à son bon
Jésus, dans ce moment-là, ni à notre petit. Elle répondit :

— Ça va!

Et comme un fait exprès, voilà que le propriétaire
monta pour avoir ses deux termes qu'on lui devait.

Vous ne connaissez que des propriétaires à leur aise,
dans vos quartiers, mais le nôtre n'est pas un richard,

s'en faut. Sa maison n'a que cinq logements de soixante francs chacun, et il est trop vieux pour travailler à n'importe quoi. Il couche sur le carré pour louer sa chambre. Quand on lui fait faux bond d'un terme, il est bien dans l'embarras. Je lui dis :

— Père Moreau, ça n'est pas pour vous causer du tort, mais il n'y a plus moyen d'aller, et nous allons faire la fin de nous.

Il ne nous crut pas et nous appela racailles avant de nous mettre à la porte. Nous voilà donc dehors, et ça faisait qu'on n'avait même plus où se périr, ni de quoi, puisque mes jambes ne pouvaient pas me porter à la rivière.

Adèle était comme une pierre. Elle ne pleurait plus.

Ça se trouvait que je connaissais l'endroit où nous sommes ici pour y avoir dormi avec un camarade, un soir qu'on avait fait le lundi à Suresnes. Une idée me germa : je dis à Adèle :

— Monte chez l'Allemand et vends-lui nos effets que nous avons sur le corps, tout en grand, pour autant d'absinthe qu'il en voudra fournir dessus.

— J'entends bien, me répondit-elle, tu veux te tuer de boire, mais moi, je ne bois pas.

— Eh bien! je lui dis, tu boiras pour une fois, et tu n'en auras pas besoin de beaucoup, voilà.

Elle faisait toujours comme je voulais, et la chance se trouva que le petit était chez la voisine; si on l'avait eu là elle n'aurait peut-être pas monté chez l'Allemand.

Elle alla bravement. Ah! celle-là a souffert encore plus que moi. Et comme elle passait la porte, je lui dis :

— Il faut aussi deux sacs pour se mettre dedans, quand on n'aura plus nos hardes.

Elle ne répondit seulement pas. Rien ne lui faisait, puisqu'elle ne pensa même pas dans ce moment-là que c'est péché de se tuer.

L'Allemand vint tout de suite; ça en valait la peine : Adèle était propre sur elle et j'avais sous ma blouse un bon gilet à manches presque neuf. C'est ce que j'ai le plus regretté. L'Allemand tâta nos nippes, et on commença de marchander.

On s'arrangea pour les deux sacs et quatre litres d'absinthe. Dans mon idée, c'était bien plus qu'il n'en fallait, car on peut se finir avec un seul litre en le buvant d'affilée. Sur les quatre, l'Allemand n'en apporta que trois; il devait livrer le quatrième en venant prendre nos effets au *nouveau domicile*, qu'était donc ici.

C'était juste, mais je ne pouvais pas marcher. Comme on n'avait plus que trente sous sur le prix du matelas et que les fiacres de la place voulaient deux francs cinquante pour nous mener jusqu'ici, l'Allemand dit :

— Je vas emprunter une brouette et vous voiturer dedans. Comme ça, je serai tout porté pour prendre livraison de vos loques.

C'était gentil de sa part, hé?... Mais vous avez l'air tout étonné, vous?

Dieu merci, Pierre Blot restait au-dessous de la vérité. Ce n'était pas de l'étonnement que j'avais : je perdais plante dans ces décourageantes absurdités. Il me semblait entendre une histoire inventée par un fou.

Je croyais en savoir bien long sur les huronneries de notre siècle, vainqueur de l'obscurantisme et de l'ignorantisme, mais ceci me prenait sans vert. Jamais je n'aurais rien rêvé qui approchât de ce tranquille et désolant cauchemar.

— Et voilà! reprit Pierre bonnement, tout s'arrangeait. On partit, moi dans la brouette, que l'Allemand poussait, et Adèle derrière avec sa bouteille d'eau claire à la main, car il lui en fallait toujours, rapport au feu qu'elle avait dans la poitrine. Elle portait le petit sur son dos...

— Comment! m'écriai-je, vous emmeniez l'enfant aussi?

— Bien sûr, fit Blot, ça ne devrait pas vous étonner, puisque vous l'avez trouvé ici.

Et il ajouta avec un peu d'aigreur :

— Fallait-il pas l'abandonner?

Je restai bouche clouée, et Pierre continua :

— Adèle n'aurait pas voulu. Elle marmottait : « Vierge Marie, vous aurez pitié! Bon Jésus, tous les petits enfants sont à vous! » Et elle ajoutait : « Moi, je ne me tuerai pas, je suis dans mon agonie. » Et ça ne l'empêchait pas de marcher.

On arriva. Par bonheur, la guérite ici était libre. Il faisait nuit; j'aidai Adèle à sa toilette et je la mis dans le sac avec le petit. Elle avait recommencé à pleurer tout bas et radotait doucement : « Jésus, le petit n'est pas cause, il n'a pas encore ses trois ans. Si je pouvais l'emporter avec moi! »

Moi, ce fut l'Allemand qui me déshabilla, et je lui disais, pour excuser Adèle de pleurer : « C'est la mauvaise éducation. Toutes les bêtises du catéchisme, ça lui revient au moment de faire le grand saut... »

— Mais, cet homme-là savait donc que vous vouliez vous tuer? dis-je encore, n'en pouvant croire mes oreilles.

— Bien sûr, répliqua Pierre. Est-ce que ça le regardait? Il est de la Prusse, c'est vrai, mais il n'y a pas besoin de tout ça : un marchand est un marchand. Et puis, d'ailleurs, la liberté... Quand il eut fait son paquet de nos hardes, nous étions installés comme vous nous avez trouvés, seulement Adèle avait le petit dans ses bras et moi les quatre litres avec moi. L'Allemand était tout de même un petit peu embarrassé de nous quitter; il cherchait son mot pour s'en aller. Enfin, il nous dit : « C'est heureux que nous sommes au mois de juin, vous ne vous enrhumerez pas. Bonsoir. »

Et il descendit le terrain avec nos affaires dans sa brouette.

J'allumai ma pipe et je me mis à boire tout de suite, mais j'aime ça, voyez-vous, tout à fait, et je ne pouvais pas m'empêcher de m'amuser gorgée à gorgée, par gourmandise, si bien que la première nuit, des deux litres que j'emballai, je n'eus rien que du contentement. Ah! je suis fort! Et j'étais bien aise d'avoir choisi ce moyen-là. L'Allemand n'avait pas triché, l'absinthe était bonne.

Adèle ne voulut pas boire du tout, pas seulement une goutte. En se laissant tomber de son long, elle dit : « C'est fini de pleurer et de tout. »

Et presque aussitôt après, elle toussa profond, comme si sa poitrine se déchirait. Elle était en sueur de sa course et n'avait qu'une toile entre son dos et la terre mouillée. Je pensais : « Ça lui suffira » et je n'en avais point de peine, au contraire, car je riais en pensant à l'Allemand qui avait dit qu'on ne s'enrhumerait pas. Puisqu'on était pour se finir, pas vrai? Ce qui me fit quelque chose c'est quand elle dit : « D'avoir un petit, ça m'avait donné trop de plaisir... Il était si mignon et je l'aimais tant... Le bon Dieu aura soin du petit. » Et puis elle ajouta : « Sainte

Vierge, donnez-moi la grâce d'avoir un prêtre, ou faites-moi bien souffrir pour mourir, que j'aie toute ma pénitence dans ce monde. »

C'est bête, mais ça serre l'estomac.

Je buvais tant que je pouvais, rien n'y faisait; de m'échauffer c'était impossible...

Pierre fit un effort ici pour raffermir sa voix et poursuivit :

— Il y en a qui résistent; moi par exemple. Je vivrais avec du verre pilé! On me croit toujours mort, et pour changer, je me repique comme un lion! Si je disais ce que j'ai enduré dans Paris, tout seul, avant de connaître Adèle, on ne me croirait pas. Et ce que j'ai *nocé* aussi, pas souvent, mais à mort! J'ai vu des fois des chauves-souris clouées aux portes, qui remuaient encore au bout de huit jours : ça me ressemble. Je peux manger plus gros que moi d'un coup, et puis jeûner comme les marmottes. C'est la liberté qui renforcit le corps, et l'absinthe vous grille par dedans, c'est vrai, mais en vous doublant tout en fer! au contraire la superstition vous mollit parce que c'est l'esclavage. Pauvre Adèle avait du courage assez au travail, mais elle ne savait pas se rebiffer; elle restait flasque rapport aux catéchismes qu'on lui avait bourrés plein elle, et qu'elle n'avait jamais voulu apprendre à boire. Pas de méchanceté, pas d'idée! Ce qu'ils en abrutissent comme ça chez les sœurs! J'ai eu beau faire, jamais je n'ai pu lui donner mon nerf... Enfin la voilà heureuse puisqu'elle ne sent plus rien. Elle dort comme les pierres...

Je bus donc toute la première nuit, sans décesser, et je m'endormis en rêvant que tout était en règle et que je me noyais tranquillement dans le néant. On y est bien. Ça dura presque toute la journée et je ne me réveillai que sur le soir par une quinte enragée d'Adèle. Ça me mit de mauvaise humeur d'être encore en vie, et je me dis : « C'est assommant, je suis trop fort! » Adèle et moi on ne se parla point; ma tête me faisait mal... et elle toussait si creux que ça me répondait dans tout moi. Je me bouchai les oreilles pour ne plus l'entendre, et je me remis à boire par raison. Fallait arriver, pas vrai? La soif n'y était pas, ni le goût; la colère s'en mêlait. Adèle me gênait. J'étais fâché de l'avoir amenée. Ce moment-là ne fut pas bon.

Il y eut une patrouille de pioupious qui passa sur le terrain de ronde. J'eus envie d'appeler à la garde. Ils auraient bien emmené Adèle et le petit... Ah! le petit, c'est drôle comme il était sage. Il ne soufflait pas... Mais on n'aime pas les soldats, et il aurait fallu renoncer... et ça aurait été dans les journaux où ils mettent tout, maintenant. On aurait dit que l'homme (qui aurait été moi) avait fait comme ceux qui se jettent du haut des ponts pour crier à l'aide. Ces choses-là, quand ça rate, on en rit trop, j'avais ma dignité à garder.

Pour avoir langui longtemps après ça, non, pauvre Adèle n'a pas langui. Je pense bien qu'elle a dû s'en aller de tousser, de râler et d'étouffer, quand je me rassoupis, dès le commencement de la seconde nuit. Il y avait déjà du temps qu'on ne l'entendait plus geindre après son prêtre qu'elle avait supplié sa bonne Vierge de lui envoyer par miracle, ni pleurer à Dieu « pardon, pardon, pardon » pour je ne sais pas quoi, car elle était plus innocente que son petit, douce comme du lait et sans malice, hormis ses patenôtres avec quoi elle me taquinait.

Il y a donc eu un instant où tout a fait silence en grand, ici autour de moi, quand elle n'a plus toussé et ça m'a réveillé. Le petit ne bougeait pas. La peur m'a pris; mes dents claquaient, je ne sais pas pourquoi; j'avais de la peine à m'empêcher de hurler, mais la force que j'ai! je me suis muselé avec le goulot du litre que j'ai enfoncé dans ma bouche, et j'ai bu tant que mon haleine a duré...

A la fin des fins, j'étais ivre bien comme il faut, et je voyais des millions de chandelles. Si j'avais avalé ma langue à ce moment-là, j'aurais eu une jolie mort d'homme libre que rien n'arrête et qui ne croit à rien; la mort qui m'allait, quoi!

Mais cherche! Je suis trop fort! jamais de ma vie je ne m'étais mieux porté; je pompais, j'entonnais, ça n'y faisait rien du tout; on ne pourra pas me tuer, c'est sûr! Je me rendormis sans m'en apercevoir, quand mon troisième litre fut à sec, et avant d'avoir entamé le dernier... Je rêvais non plus que j'étais en terre, mais que je vivais à mon aise dans une grande maison à moi, toute à moi, et que je distribuais du pain coupé aux anciens riches que nous avions, dégommés, tant qu'ils en demandaient, sur le pas de ma porte.

On n'est pas méchant.

Et Adèle était quelque part dans mon rêve, parmi le vent qui me disait : « Moi, au moins, je ne me suis pas tuée, je prie pour toi, et Dieu m'a pardonnée, parce que je l'aimais! »

Toujours Dieu! Des bêtises! S'il y en a un qu'il le dise donc une bonne fois, pour qu'on le sache! On connaît Mazagran, on l'a vu; qui est-ce qui a vu Dieu?...

Ce fut le petiot qui m'éveilla cette fois, en me tirant par

les cheveux. Il réclamait à manger, échappé qu'il était
du sac où Adèle ne pouvait plus le tenir. Dans mon sur-
saut j'avais l'idée trouble, et je dis, ne me souvenant
plus : « La femme, donne donc la soupe au petiot, qu'il
nous flanque la paix ! »

Mais rien ne me répondit, comme de juste. Je me sou-
vins tout à coup et je pensai : « Faut-il que je sois fort
pour avoir résisté à ce que j'ai bu !... Il n'y a qu'à
reboire ! » C'était ça, pas vrai?

Eh bien ! non, là ! l'eau me coulait des yeux comme
d'une fontaine. Elle était morte ! Adèle était morte ! mes
yeux brûlaient et le cœur me manquait. Ecoutez donc !
Adèle avait ses défauts, je vous l'ai déjà dit, elle ne savait
ni boire ni rire, sans compter sa maladie qui était
ennuyante et sa bonne Vierge encore plus, mais on avait
été malheureux ensemble, et jeunes; on se disait tout : je
ne sais pas si j'ai aimé autre chose qu'elle depuis que je
souffre dans la chienne de vie ! Adèle ! Adèle ! ma pauvre
chérie d'Adèle !...

Je me donnai un coup de poing par la figure et je me
dis : « Sois homme ! Elle n'a plus de mal. Elle dort dans
le néant où on doit dormir dur ! »

Et je cherchai mon dernier litre, car j'étais bien sûr de
l'avoir point débouché : mais vous savez l'accident, les
enfants ça ne respecte rien : le petiot avait joué aux
quilles avec la bouteille; c'était la terre qui avait bu mon
absinthe au lieu de moi, et je m'écorchai les doigts contre
les tessons du verre cassé. Malheur !

J'essayai d'attraper le petiot, il se sauva; alors votre
dame entra demander de l'eau, sans savoir ce qui se passait ici dedans et je lui dis de prendre la bouteille d'Adèle,
si elle voulait. C'est toute l'histoire.

— Elle n'est pas belle, l'histoire, dit la voix sévère de Madeleine qui était revenue depuis un moment et qui se tenait assise sur le seuil avec le bébé endormi dans ses bras. Je parie que cet amour-là n'est pas seulement baptisé?

Pierre se mit à rire de tout son cœur.

— Baptisé! répéta-t-il, mon *gosse*, à moi! Ah! elle est bonne par exemple!

Et il ajouta aussitôt après :

— Pauvre Adèle en avait si grande envie!.. Mais l'ouvrier a sa dignité.

— Pierre, mon ami, lui demandai-je, voulez-vous que je vous emmène avec moi?

— Où çà? s'écria Madeleine épouvantée.

— Chez nous, répondis-je d'un ton résolu.

— Chez nous! Te voilà, toi, monsieur! Et où veux-tu qu'on le mette, chez nous?

— Je veux qu'on le mette dans ma chambre et dans mon lit, répliquai-je.

Et je me levai pour aller vers Madeleine.

— Tu ne comprends rien à ce garçon-là, lui dis-je tout bas, c'est un gredin fini, tant mieux ça me va! Je ne demande que huit jours pour le tourner du noir au blanc et en faire un saint! Tu vois bien qu'il donnait du pain coupé aux riches dans son rêve, à discrétion, et qu'il aimait cette pauvre femme...

— Je vois qu'il l'a tuée!

— Sait-on ce qu'il a souffert?...

— Il n'a regretté que la dernière bouteille!

— Il a cherché un refuge dans l'abrutissement, je ne dis pas non, mais c'est qu'il ne se connaissait pas le refuge de Dieu. Tartufe-utopiste, celui-là qui « fait son affaire » en exaltant le bestial appétit de la nature humaine, lui a montré ce qui remplace Dieu : l'oubli dans l'ivresse, la liberté dans le néant, l'égalité dans la mort. Du temps de Moïse, déjà, il y avait des farceurs qui prosternaient Israël devant un veau! Et le pauvre hère que voilà, n'en sachant pas plus long, a regardé la féerie imbécile qu'on lui montrait dans l'avenir; une montagne faite avec tout l'or, tout le tabac, tout l'ail, toutes les marseillaises et toutes les barriques d'absinthe de la terre! Et il s'est jeté là-dedans à corps perdu, les yeux fermés, tête première. C'est qu'il ne connaissait pas, ou plutôt c'est qu'il avait oublié Dieu! moi, je lui montrerai Dieu! Je me sens capable de cela, et je crois que c'est mon devoir... Entendez-vous, Pierre, mon camarade, c'est à vous que je parle (car j'avais élevé la voix peu à peu et j'arrivais à un mouvement oratoire qui me paraissait de toute beauté), entendez-vous, malheureux et cher homme, je vous montrerai Dieu, moi qui le connais, moi qui me suis noyé aussi, mais dans cet océan de consolations puissantes et d'espérances certaines qui est Dieu! J'étais brisé comme vous, plus que vous, j'étais vicieux comme vous et le double de vous, j'étais comme vous blasphémateur, ah! dix fois, cent fois plus que vous! combien souvent n'ai-je pas menacé du poing le ciel! Je voyais dans le ciel un être éblouissant, effrayant, énorme, et j'avais raison, Dieu est tout cela, mais j'avais tort, puisque je ne voyais pas l'autre Dieu, le Dieu doux et humble de cœur, le cher Dieu de ceux qui n'ont plus de force pour souffrir et crient miséricorde! le Dieu blessé, le Dieu martyr, pleurant par ses yeux et par son cœur l'eau et le sang de sa miraculeuse agonie!...

Madeleine hochait la tête avec approbation, mais Pierre dit tranquillement :

— Eh! là-bas! combien que ça fait de Dieux, tout ça, à votre compte?

— Tu vois bien, monsieur! murmura Madeleine qui laissa tomber ses deux bras.

Et Pierre poursuivit en bâillant :

— Des sermons pareils, ça ne me va pas. Si on voulait se noyer il y a la rivière. Au lieu de jurer contre l'absinthe, payez à boire : j'ai soif.

Madeleine sincèrement humiliée, mais non point étonnée de mon échec, répétait :

— Monsieur, tu vois bien, tu vas, tu vas...

— Et j'irai! m'écriai-je, et j'irai toujours, toujours, et rien ne m'arrêtera! Tu te trompes si tu crois que ce brave garçon se moque de moi...

— Ça c'est vrai, interrompit Pierre Blot; personne ne se moque de vous, l'ancien : on sait respecter les toquades d'un chacun... Voyons! que payez-vous?

— Je paye d'abord, répondis-je avec quelque dureté, l'enterrement de votre femme.

Mais je changeai de ton aussitôt parce qu'un mouvement de Pierre m'avertit que j'avais appuyé mon doigt sur une plaie qui, pour s'être cachée derrière un haillon de cynisme, n'en était pas moins cuisante, et j'ajoutai bonnement :

— Je paye ensuite le baptême du petiot si vous voulez, et je paye enfin le fiacre pour vous mener à l'hôpital, puisque votre idée n'est pas de venir chez moi, où il y a des sermons plein la maison.

— De manière ou d'autre, pensa tout haut Madeleine,

la pièce de cent sous y passera cette fois-ci, mais qu'est-ce
que cela fait, puisqu'elle ne servait à rien?

Elle aurait pu en dire plus long, car Pierre était muet
maintenant. Ce fut seulement au bout d'un bon moment
qu'il reprit d'une voix toute changée :

— Ah! oui! Pauvre Adèle! L'enterrement... L'enterrement! Je suis cause qu'elle est morte, et moi, je reste en
vie!... Pour sûr, ce n'est pas brave.

Je ne répondis pas. Il continua :

— Elle m'attend, là où elle est. C'est promis, c'est
sacré : faut que j'y aille... Ecoutez, bourgeois, en buvant
un litre tout d'un coup, sans souffler, je suis sûr que je
me finirais pour tout de bon. Ça n'a jamais raté. Je vous
donne le *gosse* à baptiser pour un litre.

— Accepté! dis-je aussitôt.

— Comment! s'écria Madeleine, tu vas lui donner de
quoi se faire mourir?

Je lui imposai silence...

Jean s'interrompit ici pour me dire :

— Tu pourrais croire qu'en acceptant l'étrange marché
de Pierre j'avais « mon idée », un plan quelconque, entrevu, sinon préconçu, mais non : je voulais faire baptiser l'enfant, et voilà tout, espérant bien qu'on trouverait
en route un moyen de mettre le père à la raison. D'ailleurs, tu sais cela, toi qui fais du théâtre : arrive un moment, sur la scène, où il faut que les bonhommes remuent
et changent de place à tout prix. Le moment est arrivé. Il
fallait bouger. Je dis à Madeleine :

— Allons! en route pour l'église!

— Attendez voir, fit Pierre au moment où nous par-
tions, je ne sais pas si je me trompe, mais il me semble

que mes jambes sont déprises. Aidez-moi à me lever, sans vous commander. Dans le cas où je pourrais aller jusqu'à pauvre Adèle, j'aimerais la voir encore une fois et lui causer, avant qu'on me l'emporte.

Je le pris sous les aisselles, et quoique je ne sois pas fort, je n'eus aucune peine à le mettre debout, car il s'aidait très bien; mais il se rassis aussitôt et s'écria :

— Les jambes y sont! Otez le sac! Je suis sûr que je pourrai marcher!... Ah! tonnerre de malheur! Adèle et moi on s'était découragé trop tôt!

— Il est bien temps d'y penser! dit Madeleine, impitoyable.

Moi j'ôtai le sac en tirant par les pieds, et Pierre se releva tout seul, bien chancelant, il est vrai, et blême comme un spectre.

Il pleurait en balbutiant le nom d'Adèle, et j'entendis ces mots :

— C'est elle qui aurait été contente de me voir debout! allez donc croire en Dieu qui laisse arriver des choses pareilles!

Puis tout à coup, il dit :

— Si vous avez un couteau, prêtez-le moi.

— Merci, s'écria Madeleine; pour que vous vous fassiez du mal...

— Non, dit Pierre, pas à présent, parole d'honneur!

Et Madeleine lui ayant donné le couteau qui était dans son panier aux provisions, il trancha, au fond du sac, une ouverture où passer sa tête, et aux flancs deux autres ouvertures pour ses bras, ce qui lui fit, en laissant ses jambes nues et libres, une manière de vêtement semblable à la toge des anciens Romains. Il gagna ainsi tout branlant le

coin où était la morte, et dès qu'il fut à portée de la voir,
il laissa tomber ses deux bras, pendant qu'un gémisse-
ment sourd sortait de sa poitrine. Un instant, il resta sans
voix, puis ses sanglots éclatèrent.

— On s'est trop pressé! répétait-il, on s'est trop pressé!
on pouvait vivre puisque je pouvais encore travailler... La
voilà morte parce qu'on lui a dit de mourir... Ce n'est pas
moi qui suis cause. C'est la misère! Et la société... Et
Dieu!

Puis, se remettant par un grand effort, il fit un pas
vers nous et nous dit :

— Allez, maintenant, si vous voulez. Je sais que vous
amènerez un curé pour lever le corps, et je ne vous en
empêche pas, puisque pauvre Adèle en demandait un
avant de partir, mais du moins, je garderai ma dignité;
ayant cela sur mes épaules, je ne serai pas obligé de rester
ici, quand la calotte entrera.

Après quoi, il nous tourna le dos, et nous partîmes,
Madeleine et moi, avec l'enfant qu'il n'avait pas seulement regardé.

Aussi Madeleine n'attendit pas que nous eussions passé
le seuil pour me dire :

— Ah! monsieur, tu peux te vanter d'y avoir la main!
La belle conversion que tu as faite!

IV

LE SALUT DU SAINT-SACREMENT

C'était un jeudi, 5 juin, jour de saint Boniface, et voilà pourquoi le *gosse* s'appelle Bonif, du nom abrégé de ce grand Anglais, Winfred, qui devint l'archevêque-apôtre Boniface et à qui la majeure moitié de l'Allemagne dut le bienfait de la foi.

Tout le long de la route, ma bonne Madeleine, débarrassée de la frayeur atroce qu'elle avait eue un instant de voir Pierre Blot, sa pipe et son absinthe installés dans notre étroite maison, signala son heureuse humeur par des compliments ironiques sur le résultat de ma prédication.

Son brave cœur était trop plein de la mort d'Adèle qu'elle attribuait à Pierre non sans raison, et certes le malheureux homme n'était pas bien du tout dans ses papiers.

— Est-ce que tu vas lui rapporter sa drogue, monsieur?

me demanda-t-elle d'un air mauvais. C'est péché, tu
sais! gros péché, et si tu le fais, quand tu t'en confesseras,
tu pourras bien dire que quelqu'un t'a averti par avance.

Moi, je songeais, mais non point du tout au litre de
poison que j'avais promis à Pierre. Je me demandais si,
dans mon essai d'apostolat, j'avais été vaincu aussi com-
plètement que le voulait bien dire Madeleine. L'angoisse
vraiment poignante éprouvée par Pierre au moment où
il s'était approché de la morte était à mes yeux comme
un rehaussement de cette âme qui, selon toute apparence,
n'avait rien à se reprocher sous l'œil de la loi, ni même,
peut-être, au point de vue de l'honneur humain dont
l'ouvrier a souvent une notion très sévère, et qui pourtant
était tombée si bas! Car le propre de certaines théories
remplaçant par la négation les principes de la morale
éternelle est de produire dans la conscience le même
ravage et les mêmes désordres que le crime commis effec-
tivement; de sorte qu'un honnête homme, endoctriné par
tel charlatan de la foire politique, puisse être aussi résolu-
ment ennemi de toute loi, de toute foi, de tout bien, en un
mot, que le plus désespéré des criminels. Parmi les résul-
tats du gâchis philosophique où notre époque se débat,
je n'en conçois pas de plus redoutable que celui-là, ni de
plus lamentable.

Il existe des millions de bonnes gens qui ne savent
absolument plus où est le mal, où est le bien, tant on leur
a chanté sur tous les tons : « Le mal est le bien, » ou « Le
bien est le mal. »

Chacun d'eux va en équilibre comme un cerceau d'enfant, abandonné le long d'une pente; sur dix chances, il
y en a cinq pour qu'ils tombent à gauche, cinq pour

qu'ils versent à droite. Le plus grand nombre, Dieu merci, arrivent encore au bas de la rampe sans avoir tué ni volé, mais pourquoi? Ils l'ignorent.

On répond pour eux, il est vrai, que cela vient d'un « sentiment inné » qui s'appelle d'un nom ou d'un autre, car ceux qui suppriment Dieu sont nécessairement très vagues et très divers dans leurs définitions.

Crois-tu à ce « sentiment, » destiné à remplacer la police correctionnelle et les cours d'assises?

Moi, j'y crois, je crois à tout, même à un autre sentiment, non moins inné et d'espèce diamétralement contraire, qui explique la quantité prodigieuse d'abonnés que parviennent à rassembler les monstrueux petits papiers, organes officiels du crime, et qui font l'effet d'être rédigés par des argousins avec la collaboration du bourreau.

Tous les huit ou quinze jours, ces horribles petits papiers qui déjeunent du crime, qui en dînent et qui en soupent, à qui le crime donne leurs redingotes, leurs chemises et leurs souliers et qui mourraient subitement d'inanition, si on leur ôtait le crime de la bouche, comme les mouches meurent dans les quartiers où la police bien faite donne la chasse aux choses putréfiées, toutes les semaines, dis-je, ou toutes les quinzaines, ces petits papiers très adroits, très hypocrites et très implacables dans leur petite spéculation, versent de petites larmes de petits crocodiles sur la multiplicité croissante des crimes. O tartufes d'un sou!

Ainsi le célèbre Vidocq, raconte-t-on, à la fois voleur et policier, traçait d'une main des plans de pillage admirablement combinés et « empoignait » de l'autre les camarades qui mettaient ces projets à exécution, profitant, lui aussi, des deux « sentiments innés » dont l'un payait son expérience de vieux loup et l'autre ses mérites comme chien de garde.

Moi, ce qui m'étonne, ce n'est pas la multiplicité des crimes, c'est au contraire leur rareté, eu égard au nombre des gens établis qui en vivent!

Les crimes pullulent, c'est vrai, nous en sommes comblés, saturés, gorgés! Il y en a tant que bien des bêtas, naturellement friands de crimes, commencent à trouver qu'il y en a trop et prennent peur en faisant ripaille de l'épouvantable civet, servi par la rédaction de leur petite gargote mal imprimée. Les petits papiers cannibales sont obligés de redoubler de larmes pour empêcher *la vente* de baisser, tout en saignant, saignant, saignant toujours pour faire monter *la vente*.

La Vente! le sou! Mais c'est aussi pour cela que les crimes s'accumulent. Le sou! Les sous!!!

Quelles belles *affaires* nous avons eues cette année! Et quels beaux petits articles larmoyeurs! La vente a donné. Bonne saison!

Mais je le répète, si terriblement fréquents que soient les crimes, pourquoi n'y en a-t-il pas encore davantage? Nul n'en sait rien; cela viendra. Pleurez de joie, petits papiers hideux, votre vente montera, le crime aussi : c'est inévitable. Vous vivez du crime, le crime vit de vous, tenez-vous bien, serrez-vous, le crime et vous, l'union fait la force.

Et ne craignez pas les autres papiers, les grands, ceux qui coûtent trois sous; ils auront beau vous foudroyer de leurs articles de sept aunes, verbeses et tartufastueux, vous avez pour vous le sans-gêne; on fume dans votre

compartiment, on y mange la charcuterie du crime sur
le pouce, sans mauvaise honte, on y boit le coco rouge à
la bonne franquette. Allez! vous êtes la presse, la vraie
presse, l'épanouissement suprême de cette fleur; conti-
nuez bellement votre commerce, mouillez vos mouchoirs
de larmes et de sang, étranglez, poignardez, découpez
empoisonnez, noyez, cela ravigote! Et poussez, poussez à
la vente!

Et si les grands papiers vous objurguent, dites-leur de
ma part : « O pédants! ô lourds! ô vides! Est-ce vous qui
arrêterez le torrent des crimes? où est votre outil? votre
arme? où est votre Dieu? Sophistes qui avez tué la religion dans le cœur des hommes, nous sommes la boutique
du crime, c'est vrai, mais nous l'achetons chez vous, en
fabrique... »

Pierre Blot n'avait jamais tué ni volé, j'en aurais mis
ma main au feu. Le crime de son suicide, le meurtre invo-
lontaire d'Adèle, n'étaient pas de ceux que la loi atteint,
ni même de ceux qui excitent la vulgaire indignation,
quoiqu'il n'y en ait point que Dieu poursuive d'un châtiment plus certain.

Je parle surtout du suicide.

Mais qui peut sonder le mystère de l'extrême minute où
le repentir est encore possible?

Le fait, d'ailleurs, que Pierre Blot aurait été un assassin
ou un voleur n'eût point modifié mon devoir de chrétien
envers l'enfant, envers la morte, envers Pierre Blot lui-
même. Cependant je lui savais un gré infini de n'être
qu'un misérable martyr du mal, odieusement perverti,
c'est vrai, et capable de tout, selon la vraisemblance; mais
n'ayant pas encore profité des permissions philosophiques

pour franchir la dernière haie qui sépare le dur sentier des pauvres diables de la grande route des scélérats.

Je songeais à Pierre Blot très laborieusement en cheminant vers Nanterre. Je me demandais ce qu'il était possible de faire pour lui qui ne voulait pas être aidé par le bien quoiqu'il n'eût pas encore profité du mal, et quoique le mal, au contraire, l'eût plongé au plus profond de l'abîme de misère.

Mon crédit personnel était nul ou à peu près, mais le crédit de Dieu reste immense en dépit des efforts de Tartufe, calomniateur de Dieu : immense dans les grandes choses, inouï dans les petites.

Pierre, malgré l'étonnante bonne chance de sa résurrection, était invalide pour longtemps selon toute apparence. Le vice le tenait, et, ce qui est plus grave, il tenait au vice, convaincu que le vice était son droit, presque son devoir et son honneur de libre marionnette.

Pierre était un « imprégné » non seulement de l'absinthe, mais de l'absurde; il suait l'envie, le mécontentement, la révolte, l'impiété : tout ce vitriol qui corrode les plaies de nos pauvres blessés de la lutte sociale, sans cesse avivées par la pharmacie de Tartufe.

Ils sont terriblement contagieux, ces ulcères, et Pierre Blot n'était pas un camarade facile à placer « en confiance. » Autant eût valu recommander la peste.

Aussi je ne trouvais rien pour lui, et j'en étais toujours à songer creux, quand nous arrivâmes, Madeleine et moi, devant Nanterre, aux premiers arbres de ce boulevard qui dessine, dit-on, la ligne des remparts romains du vieux *Nannetodorum* tels qu'ils étaient, au temps de saint

Germain l'Auxerrois et de sa radieuse protégée sainte Geneviève, patronne de Paris.

Les cloches se mirent à tinter, comme nous approchions de la vénérable petite église du treizième siècle, qui menaçait ruine et qui était déjà condamnée à cette peine capitale des monuments : la reconstruction. Madeleine me dit :

— C'est aujourd'hui jeudi, on sonne le salut du Saint-Sacrement.

— Tant mieux! répliquai-je, nous trouverons à qui parler.

Je ne sais pas si j'ai besoin de t'expliquer ce mot. Certaines paroisses de la banlieue de Paris ont une population plus dure à catéchiser que les naturels de la Cochinchine. Sans espérer qu'il fût possible de baptiser solennellement le futur Bonif, puisque nous n'avions ni pièces, ni rien, je voulais du moins le faire ondoyer grâce à l'extrême urgence de son cas.

En outre, il y avait toute la série des constatations à faire pour ce qui regardait le décès d'Adèle.

Il était déjà quatre heures du soir. Sans le salut du Saint-Sacrement nous aurions bien pu errer jusqu'à la nuit de la mairie fermée à la sacristie déserte sans arriver à rien.

Mais le Saint-Sacrement rassemblait dans la vieille église une quinzaine de personnes, et ces personnes étaient précisément celles qu'il nous fallait. Il y avait le curé et son vicaire d'abord, deux religieuses, trois hommes (deux paysans et un bourgeois), membres de la petite conférence locale, et le bourgeois était en outre adjoint au maire, sans compter qu'il avait l'honneur d'être le beau-frère du

médecin des morts, excellent compagnon, voltairien fini,
dont l'insouciant scepticisme devait ressusciter en moi un
lointain souvenir de notre pauvre docteur Olivier.

Il y avait encore trois ou quatre vieilles dames et des
villageoises en costume de travail.

Tout cela laissait à la nef trop large une apparence
d'abandon, et quand nous entrâmes, la vue de cette maigre poignée de fidèles groupés au-devant de la balustrade
nous causa une impression pénible, d'autant que l'osten-
soir rayonnait déjà sur l'autel, entouré de son luminaire.

L'église elle-même, placée, si j'ai bonne mémoire, sous
l'invocation de saint Maurice, ne gardait pas la respectable
physionomie que son grand âge aurait dû lui assurer, à
cause des nombreuses et maladroites restaurations qui
l'avaient partout recousue sans la consolider.

Il n'y avait là de vivant que la chapelle dédiée à sainte
Geneviève avec ses deux ifs à cierges et sa profusion d'*ex-
voto* modelés en cire.

On était debout pour le *Magnificat*. Nous prîmes place
au dernier rang et nous nous mîmes tout de suite à chanter, Madeleine avec sa voix tremblante d'enfant, moi de
ma basse-taille, trop sonore, à ce qu'il paraît, puisque bien
des gens l'ont accusée de faire scandale dans les églises de
Paris.

Parmi les nombreux Tartufes que je t'ai déjà dénom-
més, j'ai oublié un pauvre bonhomme plus à plaindre
qu'à blâmer : Tartufe poltron qui tremble de provoquer
la colère ou le sarcasme de l'impiété, et qui se « scanda-
lise » ne pouvant faire mieux.

Moi je chante haut parce que je veux que Dieu m'entende et les hommes aussi.

J'ai idée que si tous ceux qui chantent chantaient haut, bien des poltrons seraient guéris de leur poltronnerie, car le grand concert de cet hymne qui monterait autour d'eux vers le ciel les envelopperait de courage; ils sentiraient Dieu partout entre leur timidité et l'audace de leurs ennemis. Et ils chanteraient à force d'entendre chanter.

Et dès que l'âme chante, elle n'écoute plus ni la menace du monde, ni le murmure de sa propre lâcheté.

Dans l'église de Nanterre personne ne se scandalisa de moi; le petit troupeau des fidèles continua de chanter à sa guise en me laissant chanter à la mienne. Deux ou trois bonnes dames se retournèrent pour voir qui était là et sourirent au joli minois du petit qui dormait, sage comme une image, dans le châle de Madeleine.

Tout de suite après la bénédiction du Saint-Sacrement, et pendant qu'on entonnait le *Laudate*, j'allai trouver le vicaire, car c'était le bon vieux curé qui officiait.

Je ne peux pas cacher qu'il y eut un peu de défiance dans le regard que le vicaire m'accorda. Ma basse-taille l'avait étonné et inquiété; il m'a avoué depuis qu'en me voyant si maigre, si haut sur jambes et si mal habillé, il avait pris un peu l'éclat de ma psalmodie pour une « provocation. »

C'est tout simple, et je suis bien loin de blâmer notre vicaire. Tant de gens tiennent leur drapeau dans leur poche, bouchonné comme un mouchoir, que ceux qui le montrent sont naturellement sujets à caution; l'heure est proche où la sagesse des nations éditera le résumé définitif des prudences humaines ainsi formulé : « Défiez-vous de la franchise. »

Le vicaire me fit comprendre par un signe qu'il m'écou-

tait, et ma première parole n'était peut-être pas de nature
à calmer l'inquiétude que ma tournure avait fait naître.

— Monsieur l'abbé, lui dis-je, ne laissez personne
sortir, je vous prie. Il se peut que nous ayons besoin de
quelqu'un parmi les bonnes âmes qui sont ici.

— Pourquoi faire? » me demanda-t-il.

Je répondis :

— Pour une de ces œuvres charitables qui n'attendent
pas et qu'il faut accomplir coûte que coûte tout de suite.

V

A NANTERRE

Le futur Bonif, continua Jean, s'était tenu tranquille
tant que l'orgue et les chants avaient rempli l'église; il
fut éveillé par le silence et se mit à crier comme j'avais
psalmodié tout à l'heure, sans respect humain aucun. Et
Dieu sait qu'il avait de la voix!

— Ce n'est pas un baptême? me dit le vicaire, cet
enfant-là a au moins trois ans.

— Il y aura, lui répondis-je, baptême, enterrement,
et encore autre chose, et si quelqu'un ici tient à la mairie
je vous serais obligé de le prévenir.

Je fus interrompu par l'approche du curé, car nous
étions dans le bas côté de gauche, au tournant de l'abside,
près de l'entrée latérale du chœur.

— Il s'agit de quelque accident, lui dit le vicaire, et ce
monsieur (c'est lui qui chantait) désire qu'on prie les
fidèles de rester... peut-être pour une quête.

— Peut-être, dis-je, moi je n'ai que mes cent sous...;
mais parlez vite à vos paroissiens, car voilà les bonnes
sœurs qui s'en vont, et s'il y a ici un médecin, quelqu'un
de l'autorité et des membres de la conférence, priez qu'on
vienne à la sacristie. C'est très grave et c'est très pressé.

Je fis signe à Madeleine qui me regardait, et je pris le
premier le chemin de la sacristie où le vicaire arriva en
même temps que moi. Je ne sais pas ce que fit M. le curé,
mais au bout d'une minute, les bons chrétiens de Nanterre commencèrent à arriver, et tout le monde demandait : « Qu'est-ce donc? qu'y a-t-il? »

Les dames, je dois le dire, devinaient à moitié, car ma
pauvre Madeleine était trop vieille pour avoir un si petit
enfant. Le bon curé m'invita à m'expliquer brièvement en
me faisant comprendre que chacun ici avait plus ou moins
besoin chez soi, et j'entendis le vicaire répondant à quelque demande de renseignement sur mon compte qui
disait :

— Il a l'air d'un original; c'est lui qui chantait.

Ma foi, je racontai l'histoire de Pierre Blot, en grand,
depuis le commencement, en y mettant tout, même le
rôle de Tartufe-politique, et je dois dire que Tartufe eut
un succès assez vif.

Il n'y a pas d'endroit au monde où ce Tartufe-là soit
mieux connu que dans la campagne de Paris. Le vicaire,
amnistiant ma basse-taille, vint me donner des poignées
de main, et le docteur voltairien, que son beau-frère, le
membre de la conférence, était allé chercher au *Café du
Commerce*, au *Café de l'Industrie* ou au *Café des Voyageurs*, me dit bonnement :

— Vous êtes roide avec les libéraux, vous! L'idée de

décoiffer Tartufe de sa calotte pour lui mettre un feutre
mou est drôle, surtout dans une sacristie... Ailleurs ça ne
prendrait pas si bien... Il faut que nous allions constater
le décès de la femme avant la nuit, eh! beau-frère?

— Le petiot attend son baptême depuis trois ans, fit
observer doucement Madeleine; et avec un papa comme le
sien, c'est pire que s'il était à l'article de la mort. Le plus
pressé est d'en faire un chrétien.

Le bon curé hésitait, car les règlements sont sévères,
mais après ce que je lui avais dit de Pierre Blot, il ne pou- ·
vait manquer d'admettre le cas d'extrême urgence. L'enfant, à qui on avait donné du lait sucré avec du pain, ne
criait plus. Il fut ondoyé séance tenante conditionnelle-
ment, et non sans une certaine solennité, car les témoins
ne manquaient pas.

Madeleine et moi, en promettant d'être ses parrain et
marraine au baptême régulier, nous lui donnâmes
d'avance ses noms : Boniface pour le saint du jour, Pierre
pour son père, et Jean à cause de moi : Madeleine le voulut
ainsi.

Toutes les femmes présentes, religieuses, dames et pay-
sannes, se chargèrent en commun de le vêtir, et il lui fut
promis pour le lendemain une garde-robe complète ce
qui ne parut pas le rendre plus fier.

J'avais décliné mon nom de famille au bon curé, lors
de l'ondoiement, mais le libre docteur, qui était un peu
sourd, ne l'avait pas entendu. Il se le fit répéter par son
beau-frère l'adjoint, et aussitôt il s'écria :

— Je le connais! Ah! elle est bien bonne, par exemple!
voilà une histoire!

Et marchant vers moi les deux mains tendues, il ajouta :

— J'ai lu vos romans, il y en a de roides! et vos articles du temps où la religion ne vous étouffait pas, eh!... Il y avait diablement de l'esprit là dedans! Mais rien de saint Vincent de Paül, dites donc? Tonnerre! Depuis quand avez-vous cessé d'épousseter les soutanes sur le dos de ceux qui les portent, Monsieur le rédacteur du *Figaro*, et du *Nain jaune* et de la *Revue de Paris*?

Cela jeta un froid subit dans le courant des sympathies qui m'entouraient déjà, d'autant que cet impitoyable docteur me secouait la main avec la plus compromettante cordialité.

— Il y a des noms qui se ressemblent... voulut dire le bon curé.

Mais je l'interrompis tout net pour déclarer à haute voix :

— C'est bien moi, il ne s'agit pas d'un autre; j'ai été pendant des années et des années un détestable coquin!

— Pour ça ce n'est pas vrai! s'écria Madeleine.

— Je m'entends, fis-je en secouant à mon tour et vigoureusement la main du docteur, non pas un coquin à la façon de Mandrin, de Cartouche ou des citoyens tel et tel, mais un coquin par imprudence et par ignorance, un libre touche-à-tout comme l'estimable docteur qui me fait l'amitié de me rappeler mes coquineries. Ah! j'en ai gros sur la conscience! Et de toutes couleurs! Le docteur se trompe bien un petit peu; je n'ai jamais insulté les prêtres, mais j'ai fait pis : je les ai protégés du haut de ma chaire de Polichinelle, je les ai régentés, moi, Guignol, je leur ai prodigué *ex cathedra* mes conseils d'Arlequin;

je crois même que je les ai bénis, drapé que j'étais dans
ma vaniteuse suffisance qui s'attribuait tout doucement
l'infaillibilité du pape et l'autorité des conciles. Mes romans enseignaient la charité aux apôtres, mes articles
apprenaient la théologie aux docteurs et je disais à Jésus-
Christ : « Mon Dieu, vous n'êtes pas du tout un mauvais
Dieu, mais vous devriez faire ceci et cela, et encore autre
chose : ce serait mieux. Voyons! soyez raisonnable! Je
m'intéresse à vous et je m'engage volontiers à faire quelque chose pour vous, si vous voulez écourter votre immensité de façon à ce qu'elle tienne commodément dans ma
cervelle. » Je ne disais pas cela textuellement et je ne le
disais pas au *Café des Voyageurs*, ni au *Café de l'Industrie*, ni au *Café du Commerce* de Nanterre, comme vous,
docteur, mais je le radotais à Paris, dans des estaminets
beaucoup plus sonores qui étaient mes livres et mes journaux. Et je gagnais de l'argent avec ces bourdes-là en y
mêlant ce qui s'appelle des « idées » morales et politiques,
telles que les cas de conscience d'Ernestine, les plaidoyers
de Léon contre le gouvernement, les scrupules sociaux de
Lacenaire, les excuses de Mme Barrabas, les intempéries
de la duchesse de Follembouche et les bonnes intentions
de cet éternel idiot, le prince Adolphe, acharné à rebâtir
le monde sur un plan amendé par lui, c'est-à-dire par moi.
Ce n'est pas fort toutes ces machines-là, mais ça fait du
mal. J'avais des gens qui me lisaient, puisque vous m'avez
lu, docteur. J'en avais qui m'admiraient, ma parole!
Quelques-uns criaient derrière moi : « Ah! le bel esprit!
ah! le grand cœur! » J'étais assez de leur avis, seulement
je les trouvais froids... Docteur, mon cher docteur, je
parie que vous avez aussi vos flatteurs à l'estaminet du
Commerce?

Il voulait retirer sa main, mais je la tenais ferme. Toute ma vigueur est dans mes poignets qui sont d'acier.

Je crois bien que mon auditoire ne devinait pas où j'en voulais venir, mais on voyait le docteur dans l'embarras, et l'adjoint, son beau-frère, donna le signal de la gaieté.

Un petit abbé en herbe, le neveu du curé, qui venait justement d'entrer, révéla en ce moment l'envers de ma gloire de romancier en s'écriant :

— C'est le fameux M. X..., qui prêche maintenant les ouvriers à Saint-Sulpice!

— Vraiment! fit l'adjoint en s'adressant à moi, que ne le disiez-vous, confrère! On parle assez souvent de vous à nos réunions, et nous avons dit le *Sub tuum* que vous demandiez pour être débarrassé du péché d'orgueil.

— Merci, répondis-je, redoublez, je vous en prie, mon orgueil tient dur. Mais je ne vous lâche pas, docteur, c'est vous qui m'avez tendu la main le premier ici...

— Il va le manger! dit le petit abbé.

— Vous êtes, continuai-je, au *Café du Commerce*, ce que j'étais dans le public un peu plus large qui s'amusait de ma pauvre littérature. Vous va' ieux que moi. parce que vous faites moins de mal que moi, ne parlant pas tout à fait si haut que moi, mais vous et moi, et tous les hommes, hélas! nous sommes des ballons soufflés d'orgueil...

— Comme c'est ça! dit l'adjoint. Ah! beau-frère, beau-frère! L'orgueil! Un ballon! Ça y est!

— Monsieur l'adjoint, m'écriai-je, j'ai dit « tous les hommes», aussi bien ceux de la conférence que ceux de l'estaminet.

— Je l'entends ainsi, confrère, répliqua l'adjoint très

bonnement, et nous ne vous marchanderons pas un autre *Sub tuum*, à l'occasion.

Je ne sais pas comment sont faits à présent les adjoints de Nanterre, mais je te donne celui-ci pour un des esprits les plus doux et les plus fins que j'aie rencontrés sur ma route. Son mot amena un sourire sur les lèvres de ceux qui le comprirent : ils n'étaient pas en majorité.

— Ah çà, me dit le docteur, sans mauvaise humeur aucune, est-ce que vous allez me laisser tranquille à la fin, vous? D'abord, il n'y a pas de *Café du Commerce*, ici : je vais tout uniment à la brasserie.

— Bravo! j'aurais dû deviner la brasserie! eh bien! je voulais vous dire comme à un vieil ami, puisque nous sommes de vieux amis, vous et moi, de par mes fredaines imprimées : que vous avez, vous, providence des malades, un métier de saint, tandis que moi, écrivassier, j'avais un métier de gueux; que vous êtes au-dessus de moi par vos études, par le bien que vous avez fait, par votre cœur qui éclate dans vos yeux, par tout ce qui m'attire vers vous, digne homme, et que, puisque j'ai renoncé, pour avoir la paix de la terre, avant le bonheur du ciel, à des milliers d'amis comme vous, mes lecteurs d'autrefois, mes biens-aimés lecteurs, vous pourriez bien, dans un but pareil, brûler la politesse à la demi-douzaine de libres chopeurs qui vous applaudissent à la brasserie... Voulez-vous me donner à dîner, ce soir? j'accepte.

Je lui lâchai la main et, sans attendre sa réponse, je pris ma voix d'orateur pour faire un sermon de trois minutes où j'établis que mon rôle étant à peu près achevé, celui des chrétiens de Nanterre commençait à l'égard de la femme décédée, de son enfant et même de son mari.

Dans toute la force du terme, je prêchais des convertis.

Quand nous prîmes la route de la cabane de berger en ruine où la pauvre Adèle avait cessé de souffrir, nous étions une vingtaine, c'est-à-dire tous les hommes qui avaient assisté au Salut, et la moitié des femmes, plus quelques passants, et notre procession s'allongea encore en chemin.

Bonif fut laissé à la garde de la femme du bedeau. Je me souviens qu'en escaladant le Mont-Valérien, M. le curé portait une chemise à la main et l'adjoint un pantalon. Le docteur avait une casquette sous son bras. C'était la toilette de Pierre Blot, dont j'avais fait le portrait en costume romain. Un des riches paysans, membre de la petite conférence, s'occupait déjà de lui trouver de l'ouvrage, et si j'avais voulu « placer » Bonif, j'aurais eu dix maisons pour une; mais Madeleine tenait déjà au petiot.

Elle allait devant, avec une religieuse et deux bonnes dames à qui elle répétait notre aventure plus en détail et d'une façon bien autrement intéressante que je n'avais pu le faire. Elle n'était pas tendre pour Pierre Blot, mais elle faisait de la pauvre Adèle une martyre et presque une sainte.

Moi je marchais, bras dessus, bras dessous, avec le docteur, qui me suppliait de lui parler franchement et de lui avouer que je ne croyais pas un mot de toutes « ces farces ».

C'était absolument le même mot que Pierre Blot, remarque bien cela, — quant à la religion.

En politique, au contraire, le docteur se contentait de la formule libérale la plus bonasse, et quand je lui dis que Pierre Blot, le communeux, était fils légitime de ses doc-

trines à lui, docteur, simple libérâtre, ou plutôt de sa
non-doctrine, arrangée en dogmes d'Yvetot, à l'usage des
« bonnes gens » de Béranger, il se fâcha tout rouge, lui
qui ne se fâchait jamais.

Je veux faire encore remarquer ceci : il abominait Pierre
Blot avant même de l'avoir vu, comme de certains pères à
la Jean-Jacques détestent l'enfant qu'ils ont déposé contre
un mur et qu'on leur rapporte à l'improviste.

Pierre Blot n'a jamais eu de succès dans le libéralisme,
qui met son honnêteté à le renier pompeusement. Il n'y a
pour flatter Pierre Blot que Tartufe en mal d'élection, et
il n'y a pour aimer Pierre Blot que nous autres catholiques, domptant la répugnance et domptés par la charité.

Les libéraux « sages » et braves garçons, et désinté-
ressés comme le docteur, qui ne briguait rien (sinon la
croix d'honneur en sourdine), ont purement et simple-
ment horreur de Pierre Blot.

Quant à Tartufe-candidat, dès qu'il est élu, il prend
Pierre Blot en grippe, comme tout débiteur insolvable
garde rancune à son créancier dans la logique de l'ingratitude humaine, — à moins que Tartufe-candidat ne soit
aussi en même temps Tartufe-journaliste, auquel cas il
continue de caresser Pierre Blot, tant que Pierre Blot lui
apporte son sou.

Ah! Pierre Blot est bien près du ciel, car il n'a point de
refuge sur la terre!

Nous avions avec nous l'autorité, sous la forme du
garde champêtre, coreligionnaire du docteur, mais moins
lettré; je me souviens qu'il y eut une longue discussion
au sujet de la levée du corps. Tout ce qui était compétent
dans notre caravane admettait la distinction suivante dont

j'entendais parler pour la première fois : « Si le suicidé est dans une maison, disaient-ils, on doit attendre la constatation judiciaire; mais si la dépouille mortelle se trouve dans un lieu non clos, on peut la transporter pour la mettre à couvert. »

Ici la loge de berger abandonnée avait bien une manière de toit, mais elle n'avait pas de porte, ce qui au point de vue de la jurisprudence de Nanterre, aurait rendu le cas épineux si le docteur, après examen, n'eût constaté légalement qu'il n'y avait point de suicide, Adèle ayant succombé à une congestion pulmonaire.

Avant tout, j'étais entré seul dans la cabane pour procéder à la toilette de Pierre. Je le retrouvai à la place même où je l'avais laissé, accroupi par terre auprès du sac où était le corps d'Adèle; il fit d'abord quelque difficulté pour se laisser vêtir, flairant, comme il me l'avoua, la provenance *calotine* de toute la défroque apportée par moi; mais les scrupules de Pierre Blot, sincères ou non, ne sont jamais bien profonds et s'évanouissent dès qu'un regard jeté à la ronde l'assure qu'il n'y a là aucun frère et ami pour lui reprocher sa faiblesse : il fut, du reste, d'une loyauté parfaite, car il me dit en passant la chemise:

— Vous savez, ça ne m'engage à rien. C'est pour pouvoir aller derrière Adèle, tout seul de mon bord, et non pas en rang avec vous autres.

Il sortit quand le curé entra, et se retira sans forfanterie derrière la loge. Le curé bénit le corps et récita les prières, répondues par ceux qui avaient pu entrer et par ceux qui restaient au dehors. Adèle fut placée sur un brancard et on la recouvrit d'un drap noir pour la porter chez la pieuse dame qui s'était chargée de l'ensevelir et de la mettre dans son cercueil.

Nous suivions tous en procession, pendant que quelques soldats, groupés çà et là au revers du Mont-Valérien, nous regardaient de loin avec étonnement.

Pierre avait trop présumé de ses pauvres jambes quand il avait parlé de suivre tout seul. Je le soutins d'abord de mon mieux, mais cela ne pouvait suffire longtemps, et l'adjoint vint à mon aide, de sorte que Pierre Blot se trouva soutenu et presque porté, pendant les trois quarts de la route, par deux cagots de Saint-Vincent de Paul.

Et je ne pouvais m'empêcher de songer que c'était là une figure bien frappante de l'œuvre modeste et grande qui porte le nom du plus ardent parmi les apôtres de la Charité. Sa joie la meilleure, à cette œuvre, n'est-elle pas de secourir ceux qui la haïssent et de protéger ceux qui la calomnient? Et n'est-ce pas là précisément la source des défiances qui l'entourent depuis sa naissance et qui ne mourront jamais? Comment ceux qui se font une religion de la vengeance croiraient-ils à ceux qui n'ont d'autre culte que le pardon?

Et le mot pardon ne vaut rien. C'est amour qu'il faut dire : le vrai chrétien doit *aimer* son ennemi : c'est la loi stricte, en dehors de laquelle il n'y a ni sainteté ni salut.

Oh! que nous sommes loin dans nos premiers mouvements de cet héroïsme nécessaire! Mais quand nous en approchons par l'effort de notre volonté, fortifiée et trempée dans la grâce, quand, à force d'aimer Dieu par dessus toutes choses, nous arrivons à aimer l'homme, notre frère ennemi, juste autant que nous-même, quel pur sanctuaire que notre cœur et quel radieux tabernacle!

Il faut être juste et ne point se révolter contre ce qui est la nature même des choses : les œuvres catholiques excitent la défiance, et il n'en peut être autrement, parce qu'elles tiennent du miracle; elles ont presque toutes une histoire qui sort du vraisemblable et gêne la raison.

Elles naissent de rien en apparence : du grain de sénevé, le plus petit des grains, et sortent de son imperceptible germe. Au lieu de commencer avec fracas au bruit des prospectus menteurs qui sonnent la fanfare des écus, elles se glissent hors de terre en quelque coin ignoré, toutes pauvres et si faibles! On marche dessus sans les voir...

Ce sont les semis du Dieu humble.

La sagesse humaine a vraiment motif de se fâcher contre ces « entreprises » follement conçues, qui débutent sans capital, ayant beaucoup à donner, n'ayant rien à recevoir et qui grandissent proportionnellement à leurs pertes, pendant que tant de sociétés commerciales meurent dans leur propre opulence et secouent le monde des affaires en s'abîmant sous les avantages combinés de leur loyauté, de leur habileté, de leur prospérité!

N'y a-t-il pas ici maléfice ou escamotage? Et Tartufe-industriel, au lendemain ou à la veille de sa faillite, n'est-il pas excusable de maugréer contre ces sorcelleries?

Ce n'est pas seulement le pauvre Pierre Blot qui a une dent contre Saint-Vincent de Paul et ses enfants, c'est toi, aujourd'hui; c'était moi hier; ce sont les esprits sérieux et les esprits frivoles; ceux qui savent faire les additions et ceux qui savent défaire les additions, les honnêtes, les adroits, les rusés, les francs, tout le monde : y compris les gouvernements.

Il est naturel, en effet, de ne pas croire aux miracles.

Quand on ne croit pas, il est naturel de nier; j'allais

presque dire de calomnier. Il faut la foi pour voir au-
dessus de la nature.

Je me souviens d'avoir dit en ma vie que la dévotion
à Notre-Dame de Lourdes était une imposture et par conséquent une impiété.

Je me suis moqué du Sacré-Cœur de Jésus! Je m'en
souviens, si le Cœur de Jésus l'a oublié.

Ah! ce n'est pas moi qui m'arrogerai jamais le droit
d'être sévère à l'endroit des scrupules de la raison, cette
courte haleine de l'âme! J'ai pitié des infirmes du fond
de mon infirmité, et puisque nous en sommes à cette
chose si insuffisamment titrée : les « conférences » de
Saint-Vincent de Paul, je conviens volontiers que tout
esprit « pratique » doit soupçonner un dessous de cartes
en écoutant pareil conte de ma mère l'oie. Je te fais juge.

C'était dans les années qui suivirent la révolution de
1850, c'est-à-dire à cette époque choisie où l'indifférence
religieuse atteignit en France son *summum*. Paris bon
enfant ne détestait pas Dieu comme aujourd'hui, où
Dieu l'exaspère à cause de la foule énorme qui déborde
des églises; Paris, dans toute la force du terme, ne savait
plus qu'il y avait un Dieu, et l'abbé Desgenettes, le saint
curé de Notre-Dame-des-Victoires, dont je parlais dans
notre dernier épisode, m'a dit bien souvent les larmes
aux yeux : « Pendant plusieurs dimanches de suite, en
carême, nous chantâmes vêpres pour les frères de la doctrine chrétienne, les sœurs de la charité et trois dames... »

Et une fois, cela m'a été rapporté, le même abbé Desgenettes, fondateur de l'Archiconfrérie, se trouva seul
dans son église avec une pauvresse dont l'enfant criait.

Quand la pauvresse eut reçu l'aumône, elle voulait se

retirer par respect, à cause de l'enfant qu'elle ne pouvait faire taire, mais le malheureux saint homme lui dit : « Restez, ma fille, et laissez pleurer le petit, pour que Dieu entende au moins quelqu'un ici! »

Tu peux aller non plus le dimanche, non pas à vêpres, mais n'importe quel jour, à n'importe quelle heure, visiter Notre-Dame-des-Victoires, et tu verras si, maintenant, on a besoin de retenir dans les églises les petits enfants qui crient pour que Dieu y entende quelqu'un!

Un soir, en je ne sais laquelle de ces années célèbres pour leur prospérité matérielle qui précédèrent la chute du trône de Juillet, une demi-douzaine de jeunes gens se réunirent dans une chambre d'étudiant, au quartier des écoles. Il y avait alors beaucoup de conspirateurs, mais ces jeunes gens n'étaient pas des conspirateurs. Bien au contraire, le but de leur réunion était de fuir l'odeur fétide de la politique qui empoisonnait déjà les parlotes du quartier latin, et ils se mirent à causer de leurs études, de leurs affaires, de la difficulté surtout qu'il y avait à rester pur dans le milieu où ils vivaient.

Ce fut, dans sa pauvre simplicité, une solennelle fête aux yeux de Dieu, que ce premier colloque entre les représentants non autorisés de la jeunesse chrétienne. L'idée religieuse y prit bientôt le pas sur toutes les autres, et l'admirable mot qui est la base même de l'institution des conférences y fut, dit-on, prononcé :

— L'aumône est un bouclier, dit un de ces jeunes gens : *mettons notre chasteté sous la sauvegarde de notre charité.*

Et cela fut ainsi fait. Le but de ces échappés de collège n'était pas rembourré de bien subtiles notions philosophiques : ils voulaient *faire leur salut* en une ville où faire son salut est particulièrement difficile.

Et ils le disaient.

C'était à peu près tout.

Mais il se trouve qu'on ne peut faire son salut sans produire autour de soi le bien sous toutes les formes; par la parole, par l'exemple, par la prière; de telle sorte qu'en faisant leur salut, ces enfants produisirent le bien, dans la mesure très minime, il est vrai, de leurs ressources, qui étaient bornées, et de leur crédit qui était presque nul.

— As-tu compris? *Ils ne faisaient pas le bien seulement pour ceux à qui ils faisaient du bien, mais aussi pour se garder eux-mêmes en Jésus-Christ.*

C'est de l'égoïsme, diras-tu?

Que Dieu te comble d'un égoïsme pareil! Il s'appelle l'amour divin, et c'est ce qu'il y a de plus grand sur la terre : la puissante passion de la créature pour son père qui est au ciel.

Grâce à cet égoïsme, traduit en abnégation, au bout d'un mois, les six étaient douze et une chambre plus vaste fut cherchée; au bout de l'an, les douze étaient deux cents, et il fallut plusieurs chambres; au bout de dix ans... Ah! je ne sais pas combien nous sommes maintenant; car les enfants ont ouvert les portes de leur fraternité aux vieillards pour que ceux-ci, ravivés par la jeune vertu, puissent mettre la main aussi à l'œuvre de cet égoïsme tout rayonnant de sacrifice!

Et Paris a cent conférences; et il y en a plusieurs dans chaque grande ville, une au moins dans chaque petite et dans chaque bourgade. Et les pauvres reçoivent du pain, des habits pour plusieurs millions, et des consolations pour une somme que nulle banque ne saurait chiffrer en milliards...

Il est bien évident que, dans la vraisemblance, des étudiants n'ont pas pu fonder cela, ce n'est pas œuvre d'étudiant. Les étudiants doivent étudier ou danser, au cours ou chez Bullier, et non pas moisir dans ces noirs repaires où l'on « fait son salut » comme si nous étions encore au moyen âge!

C'est vilain, c'est offensant pour l'esprit, c'est répugnant pour l'œil, cela dépare une époque de lumière où tous les gens qui tiennent à leurs sous font le procès de l'aumône! Il ne se doit pas que des choses si monstrueuses existent au dix-neuvième siècle de Pierre Blot! Aux armes, citoyens! Il y a quelque chose là-dessous! La patrie est en danger à Yvetot!

Aussi un gouvernement se rencontra une fois, ou plutôt un ministre qui avait l'humeur mauvaise par suite de contrariétés domestiques, et qui portait la pipe de Mazagran dans sa poche de duc fabriqué. Ce ministre, malade et malheureux, n'était pas Tartufe, mais il avait une peur terrible du citoyen Tartufe, qui sortait de son trou justement à cette époque là, et commençait à grogner la *Marseillaise.*

Pour se concilier les bonnes grâces du citoyen Tartufe, ce ministre consentit à empoigner saint Vincent de Paul au collet et à le fouiller, non sans quelque brutalité

Le citoyen Tartufe lui en fut très reconnaissant, et l'égorgea à la première occasion, avec son gouvernement, sous une lanterne.

C'est ce qui est arrivé, ce qui arrive et ce qui arrivera à tout gouvernement assez innocemment trembleur pour ouvrir au citoyen Tartufe la petite porte honteuse donnant sur les derrières de la politique.

Mais que trouvèrent-ils, ce gouvernement et ce ministre, dans les poches violées de saint Vincent de Paul? Ils cherchèrent bien, tu peux le croire, ils avaient une envie enfantine de contenter la tartuferie libérale, qui allait leur rendre le service de les poignarder dans le dos. L'histoire constate pourtant qu'ils ne trouvèrent rien, absolument rien dans les goussets de la charité.

Dieu y était, mais ils ne le virent pas.

S'il avait mieux regardé, cet infortuné gouvernement, que l'ineffable lâcheté de Tartufe, insulteur de tombeaux et de femmes, finira bien par ressusciter quelque jour, il aurait entrevu peut-être, lui qui avait tout à espérer du bien, tout à redouter du mal, la première germination de ces œuvres, issues de saint Vincent de Paul, qui seront dans l'avenir la gloire de notre patrie, quand Dieu voudra que notre patrie s'éveille enfin plus glorieuse de la léthargie de son malheur.

Il aurait vu, pour n'en citer qu'une seule, l'œuvre des patronages, mine de sarcasmes pour Tartufe-économiste; l'œuvre des sauvetages, plutôt, la grande œuvre encore au berceau qui a pour but de relever l'enfant ouvrier. Je ne saurais pas te déduire cela comme il faut; je pèche encore par ignorance, et malgré mon âge et malgré mes sermons aussi, je ne suis qu'un conscrit parmi les soldats de Dieu, mais j'ai besoin d'exprimer bien ou mal mon admiration pour ces choses dont l'étude va être le dernier labeur de ma vie.

Je ne me plains pas trop d'être un vieux novice; cela me laisse tous mes enthousiasmes de néophyte, et il y a des moments où je suis comme le bon la Fontaine, quand il découvrit à l'improviste que le prophète Baruch n'était pas moins fort que son ami Boileau Despréaux, surnommé l'Horace français par ceux qui n'aiment pas beaucoup et surtout ne fréquentent pas très intimement l'Horace latin. J'ai besoin de m'écrier à la vue des choses de la religion, entends-tu, il faut absolument que je m'écrie : « C'est beau, c'est bon ! c'est merveilleusement bon et beau ! »

Je vais donc te dire, comme je pourrai, ce que fait l'œuvre des patronages : ce dont je me souviens, du moins, et ce qui m'a frappé.

Elle prend l'enfant de l'ouvrier au sortir de l'école, c'est-à-dire au moment précis où Tartufe-empoisonneur va faire de lui un Pierre Blot. Elle lui dit : « Mon ami, choisis ton état, que veux-tu être, ceci ou cela? », elle lui trouve un patron honnête, elle débat pour lui et stipule les meilleures conditions de l'apprentissage : elle le surveille, elle le guide, elle le soutient dans son effort, elle le console et le soulage dans ses peines, elle est pour lui la providence de la vie de travail.

Est-ce tout? non, tant s'en faut. Elle utilise encore ses loisirs, soirs et dimanches, au profit de son intelligence et de son cœur; elle l'instruit, elle l'éclaire, elle le hausse; elle va plus loin . elle l'amuse... oui, elle va jusqu'à lui créer tout un ensemble de plaisirs et de gaietés qu'elle réunit pour lui, pour lui seul, dans de larges enceintes où règne une atmosphère pure : — pure au point de vue physique comme au point de vue moral !

C'est la mère qui suit ses enfants depuis la première communion jusqu'au mariage, et encore au delà, accomplissant ainsi humblement et tendrement le mystérieux,

le puissant travail d'apaisement, de RÉCONCILIATION qui
comblera peut-être, avec le temps (et que Dieu le veuille!),
le trou, l'abîme toujours plus profondément creusé par
Tartufe, prédicateur de la haine sociale!

Comment veux-tu que pareille chose ne soit pas un
objet d'horreur pour la séquelle de Tartufe-matérialiste,
qui cousine avec M. Bismarck dés qu'il s'agit de cruci-
fier à nouveau Jésus-Christ dans la personne du chef de
son Eglise?

Ce n'est pas seulement ici l'œuvre catholique, c'est
l'œuvre patriotique par excellence, l'œuvre abhorrée, par
conséquent, l'œuvre odieuse entre toutes aux ennemis de
la France et de Dieu.

Mais elle ira son droit chemin malgré tout, c'est moi
qui te le dis; elle sera la victoire de Dieu et de la France,
c'est elle qui rebâtira, par l'amour, la maison de famille
des Français démolie par la haine.

Tu n'y crois pas? tant pis pour toi! Ceux de ton âge
sont payés pour ne comprendre que la menace; comment
devinerais-tu le langage de l'espoir?

C'est si petit, un patronage!

Et la masse des ennemis qui l'entourent est si
énorme!...

Laisse faire Dieu, cependant, laisse grandir l'enfant, le
pauvre enfant de la maternité chrétienne, instruit dans
la foi, nourri dans l'honneur; demain il sera le travail-
leur courageux, le citoyen dévoué, le soldat, l'admirable
soldat de la discipline invincible! Tu l'auras pour gardien,
pour allié, pour ami dans la paix, dans la guerre, et c'est
lui qui sauvera...

J'allais dire la France, mais la France n'est pas en danger, Dieu merci; pour le moment, la France n'a pas besoin d'être sauvée, matériellement parlant; ce dont la France a besoin aujourd'hui comme hier et comme toujours, c'est qu'on tienne son drapeau haut et ferme. Eh bien! c'est cet enfant-là, l'enfant de notre devoir accompli, l'enfant du catholicisme qui tiendra ferme, dès qu'il le faudra, et qui portera haut, envers et contre tous, le drapeau de notre France bien-aimée!

Jean s'essuya le front; je lui tendis la main. J'avais aussi de la sueur aux tempes.

Jean fut content et ne le dit point.

— Revenons à Pierre Blot, reprit-il. Nous en étions à notre retour du Mont-Valérien avec le corps de la pauvre Adèle. Il faisait presque nuit quand nous arrivâmes à Nanterre, et pourtant il y avait du monde sur le pas de toutes les portes pour nous voir passer. Notre aventure de la loge avait circulé, d'autant plus attachante qu'on en connaissait moins les détails. J'étais habillé selon ma coutume, d'une façon suffisante par rapport aux mœurs, mais qui n'aurait pas donné aux voyageurs étrangers une idée très nette de l'élégance en usage sur nos boulevards parisiens. Je ne sais pas quel rôle l'opinion publique de Nanterre me prêtait dans le drame encore mystérieux dont la victime était portée à bras le long de la grande rue; je puis dire seulement qu'on me regardait de travers à l'unanimité.

Je fis mieux que dîner chez le docteur, j'y couchai. Il ne pouvait pas revenir de l'abaissement où était tombée une si belle intelligence (c'était de la mienne qu'il s'agissait).

Madeleine suivit la bonne dame qui s'était chargée de

garder Adèle; le curé, le vicaire et le petit abbé se relayè-
rent toute la nuit auprès de la morte.

On avait mis un matelas pour Pierre dans la chambre
voisine, et Madeleine me dit le lendemain qu'on l'avait
entendu tour à tour ronfler et pleurer. Il se relevait souvent pour venir jusqu'à la porte jeter un coup d'œil à
ceux qui gardaient le corps. Madeleine le surprit trois ou
quatre fois comme il entre-bâillait le battant; il avait l'air
curieux, inquiet et mécontent.

En disant mécontent, je ne parle pas de son chagrin, qui
était profond et grandissait au lieu de s'amoindrir, à mesure qu'il recouvrait la liberté de sa pensée.

Je parle d'un embarras qu'il avait et d'une colère. Les
soutanes le gênaient pour entrer, ce n'était pas difficile à
voir, et Madeleine, avec sa finesse de femme, devinait qu'il
éprouvait un désappointement très vif à toujours retrou-
ver ces détestables soutanes veillant et priant.

Le fait est que le clergé de Nanterre ne pourrait assurément veiller avec une semblable rigueur tous les pauvres
qui meurent sur la paroisse, mais il y a des malheurs qui
imposent autour d'eux la solennité. L'homme n'est pas
maître de ce sentiment qui le fait porter autrement la tête
et le cœur à certains jours de sa vie. Je ne puis nier que
les prêtres de Nanterre mirent une coquetterie de compassion à honorer la misérable créature, morte dans un sac,
et dont Dieu leur confiait la dépouille; ils la traitèrent
comme s'il se fût agi de la dame et maîtresse de la contrée.

Il n'y a ici rien à louer, ni à blâmer.

Pierre Blot se demandait (je n'invente pas, c'est lui qui
me l'a dit) : « Pourquoi diable ces corbeaux-là font-ils
toutes leurs momeries gratis? »

Car on insulte le clergé pour l'argent qu'il demande selon son droit, et pour l'argent qu'il donne en renonçant à son droit.

Le lendemain, de bon matin, le docteur frappa à ma porte.

— Grand saint Jean, me dit-il à travers le bois, Votre Révérence est-elle éveillée?

— Voilà déjà plus d'une heure que je prie, répondis-je.

— Pour mon âme, j'espère?

— Un peu, oui, mais beaucoup pour celle de Pierre Blot.

— Qui ça, Pierre Blot? Est-ce l'affreux coquin qui a tué sa femme?

— Précisément, dis-je en ouvrant ma porte.

Il entra et me donna une bonne poignée de main en poursuivant :

— Alors vous aimez mieux Pierre Blot que moi?

— Oui, parce qu'il a, pour être ce qu'il est, toutes les raisons qui vous manquent pour être ce que vous vous faites.

— Phrase d'auteur en demi-solde! Votre vrai motif, vénérable saint Jean, c'est que vous espérez bien que Pierre Blot et les canailles de sa sorte mangeront un jour ou l'autre les honnêtes garçons comme moi, éclairés, modérés et par conséquent gênants puisqu'ils sont en train d'englober le monde.

— Je ne l'espère pas, mon cher docteur, répliquai-je, j'en suis sûr. Aussitôt que vous aurez englobé ce que vous appelez le monde, le sous-monde vous englobera, et avec un homme d'intelligence comme vous, je n'ai pas besoin d'ajouter qu'il fera bien.

10

— S'il peut. Il est enragé, le sous-monde, et nous le
savons bien; seulement, il est en cage, et quand il grogne,
nous lui jetons des boulettes cléricales à travers les bar-
reaux : ça l'amuse... Mais j'oubliais de vous dire pourquoi
je viens vous déranger au mépris des lois sacrées de l'hos-
pitalité. C'est justement pour votre homme des carrières
qui est en bas et qui vient pour vous voir. Dès que je l'ai
aperçu, je me suis sauvé. Vous savez, il n'est pas ivre,
mais il suinte l'ivresse.

— Il suinte la misère et le découragement. Vous lui
avez escamoté Dieu qui est l'espoir des désespérés et leur
appui; comment voulez-vous qu'un être si misérable se
tienne debout sans Dieu?

— Je ne sais pas, saint Jean, je ne sais pas. Dieu par
lui-même n'a rien de désobligeant, puisque son état est
de faire le mort; mais si vous aviez eu, comme moi, un
honorable beau-frère dans la sacristie, jamais vous ne vous
seriez converti. Ce sont les gens de Dieu qui sont fatigants,
et non pas Dieu, pauvre statue... C'est égal, vous avez
touché la plaie en parlant du sous-monde : ils sont deux
cent mille Pierre Blot dans Paris qui font nos affaires,
pour l'instant, mais qui n'égayent pas l'horizon... Faut-il
faire monter votre ours, où allez-vous descendre?

Je vis que je le chagrinerais en recevant chez lui mon
ami Pierre, et je me hâtai de prendre mon chapeau pour
sortir. Le docteur m'abandonna à moitié chemin de l'an-
tichambre pour ne point affronter la vue de l'estomac qui
devait le digérer une fois ou l'autre : ainsi, dit-on, le
grand roi Louis XIV n'osait pas regarder la flèche qui
domine la sépulture royale de Saint-Denis, à laquelle son
illustre dépouille était promise.

Sous le costume décent qu'on lui avait procuré, Pierre n'avait plus ce grand air de protestation, d'absurdité et de blasphème que j'avais admiré en lui quand il était dans son sac. Le linge ne lui allait pas. Ce n'était plus qu'un malingre ordinaire, faisant pitié comme le premier affamé venu.

Tu sais cela, dramaturge : du comédien qui a dépouillé son costume il reste peu de chose, mais si, de plus, on le met hors de son théâtre, alors il ne reste rien du tout, et c'est pour cela que derrière tous les théâtres il y a des issues borgnes par où les héros de carton et les héroïnes de plâtre s'échappent après la comédie jouée, pour rentrer incognito dans leur chair et dans leurs os.

Alors on voit de ces choses extraordinaires : la guenon des pièces de Dumas fils peut devenir une mère de famille respectable, et le traître de mélodrame épèle la *Morale en actions* à ses petits enfants!

Je n'ai pas l'honneur de connaître assez intimement Tartufe-Erostrate, le comédien à outrance, pour te le montrer dans sa maison, quand il revient de brûler une cathédrale, mais j'ai surpris sa femme visitant les pauvres, j'en suis sûr, et dans l'ombre des bas côtés de ma paroisse, j'ai cru parfois reconnaître... Surtout, ne la trahis pas! D'autant que Mme Tartufe est bien autrement enragée que son mari, quand elle s'y met!

Pierre Blot n'était pas comédien, ou du moins, s'il l'était, comme nous tous, il ne le savait pas; il avait joué de bonne foi le drame lugubre et grotesque de son suicide, qui n'avait tué qu'autrui. Ce n'était pas un méchant homme puisqu'il se cachait pour pleurer; ce n'était pas non plus un homme sans intelligence, puisqu'il perçait à

jour Mazagran, son libre « farceur », la plus vulgaire et
par conséquent la plus redoutable entre les incarnations
de Tartufe.

C'était un malheureux, épuisé par la succion de Tar-
tufe-vampire, qui pompe la pensée de Dieu hors du cœur
humain, c'est-à-dire l'obéissance, la patience, la résignation, le devoir : tout ce qui console et fortifie, pour mettre
à la place le vice impotent et répugnant; la révolte, ce
pire des esclavages, l'imbécile droit de jouir, la convoitise
brutale, l'envie, la haine, la folie de l'égoïsme; tout ce
qui dégrade l'individu avant d'abâtardir la race...

As-tu vu, toi qui es de la campagne, les couleuvres vider
les crapauds?

J'ai connu un crapaud et une couleuvre... Sois tranquille, ceci n'est pas un apologue du temps où les bêtes
parlaient. Mes deux bêtes ne diront rien : c'est un souvenir de mon enfance.

Une fois que je cueillais des mûres, le long d'une haie,
j'aperçus de loin quelque chose qui me sembla extraordinaire. Cela glissait sur la marge du champ; je voyais bien
que c'était une couleuvre rampant la tête en l'air, mais
la tête de cette couleuvre me semblait être d'une effrayante
grosseur.

Je m'approchai et mon étonnement cessa : ce que je
prenais pour la tête de la couleuvre était un crapaud de
belle taille qu'elle buvait en se promenant. Je ne puis te
dire à quel point cette couleuvre était fière. Le crapaud ne
semblait pas à beaucoup près si content.

Ennemi que je suis de tous les serpents, je m'élançai,
le bâton levé, pour couper le cou de Tartufe-reptile, mais,

moins naïve que celle de Molière, ma couleuvre fit un crochet et disparut dans la haie.

En fuyant elle laissa échapper le crapaud.

Par frayeur?

Non; comme on jette la pelure d'une pomme.

Le crapaud, lui, n'était plus qu'une peau de crapaud, quelque chose de flasque et de plat où tout ce qui pouvait être sucé avait été sucé. Ce n'était pas mort, pourtant, cela remuait, et au bout d'un moment, cela gagna le trou de la haie : le trou même où la couleuvre s'était cachée.

Je vois encore un grand vieux paysan qui s'était arrêté à me regarder pendant que j'examinais ce curieux détail d'histoire naturelle. Il me dit d'un ton doctoral :

« *Les v'lins* (les venins, les couleuvres). Les v'lins et les crapauds ça s'entre-aime. Pas de danger qu'un v'lin fasse du mal à un crapaud! Le crapaud sait bien ça, il ne s'ensauve pas du v'lin parce que le v'lin LE MANGE TOUJOURS, MAIS NE LE TUE JAMAIS. »

Comme je ne comprenais pas très bien, le vieux paysan m'expliqua que le « v'lin » laisserait au crapaud tout le temps voulu pour s'arrondir de nouveau, mais qu'alors, quand le crapaud serait redevenu un beau crapaud, prospère et bourré d'appétissantes viscosités, le v'lin le ravalerait comme un œuf frais, délicatement et sans le brutaliser.

Je t'ai raconté cela parce que tel fut le sort de Pierre Blot dans la vie : on le ravala toujours et toujours.

Madeleine se trompait en croyant que ma conduite et mes paroles étaient restées sans nul effet sur ce pauvre être. J'avais au contraire remué au fond de lui le peu que le dernier repas de Mazagran, sa couleuvre, y avait laissé.

Il avait en outre été touché assez vivement et sans doute
flatté de l'importance considérable apportée à son cas
dans la petite chrétienté de Nanterre. Les respects pieux
dont on entourait les restes d'Adèle ne lui étaient pas du
tout indifférents, et, en somme, assez de bon sens sur-
vivait dans sa chancelante cervelle pour qu'il s'avouât
que nous n'avions aucun intérêt humain à en agir ainsi.

Je puis te dire tout de suite que l'enterrement de sa
compagne, qui se fit sans faste assurément, mais avec décence et au milieu d'un concours nombreux de fidèles, lui
inspira une véritable reconnaissance.

Il eût préféré un convoi civil, du moins il le dit, mais
je ne suis pas bien sûr qu'il fût sincère en ce moment-là.

C'était du reste pour m'entretenir à ce sujet qu'il avait
frappé de si bonne heure à la porte du docteur.

Il ne me fallut qu'un seul mot pour réduire le scrupule
de sa gloriole, qu'il appelait sa conscience.

— Pierre, lui dis-je, vous accomplissez ainsi le dernier
souhait de votre pauvre femme.

Il ne fit plus d'objection, mais, changeant de thème, il
se plaignit avec amertume d'avoir entendu courir autour
de ses oreilles le mot « capon », pendant qu'il montait la
rue.

Il traduisait cela, et il avait raison, en reproche d'avoir
causé la mort de sa femme et de vivre encore lui-même.

— Pierre, lui dis-je, quand vous étiez entouré d'hommes noirs, hier, quelqu'un vous a-t-il jeté cette injure à
la face?

Au lieu de répondre, il grommela :

— Ne peuvent-ils attendre jusqu'après l'enterrement?

Il faut bien que je sache où on va la mettre pour pouvoir la rejoindre!

La menace implicite de suicide, contenue dans ces paroles, ne m'inspira pas une très sérieuse frayeur. Je sentais que Pierre n'en était plus là, du moins pour le moment.

— C'est sûr que je n'ai pas à me plaindre de vous, reprit-il. On a eu soin de la pauvre Adèle assez, maintenant que ça ne peut plus lui servir, mais la dame dévote et le vicaire ont déjà essayé de m'engluer.

— En vérité! m'écriai-je tout joyeux : ils vous ont trouvé une place?

— Une place de fainéant, oui. Il paraît que le gardien de leur cimetière n'en peut plus... n'ont-ils pas eu l'idée de me coller là pour l'aider?

— Et vous avez refusé?

— Parbleu! On est malheureux, mais on se respecte.

La cloche de l'église se mit à tinter. Pierre changea de couleur et ses yeux rougis se mouillèrent.

— Est-ce que vous pensez que c'est déjà pour elle? me demanda-t-il d'une voix étranglée.

VI

A L'HOPITAL

— Pierre était profondément ému, poursuivit Jean, en me demandant si le son de cloche « était déjà pour Adèle ». Et cependant je lui répondis avec sévérité :

— C'est pour elle, et pour vous, encore plus que pour elle, mon ami. Elle n'a plus de voix, ou plutôt ceci est sa voix qui vous dit : « Je n'avais que toi sur la terre et tu « n'avais que moi. Vas-tu m'abandonner dans mon der- « nier voyage? »

Pierre hésitait et je l'entendis grommeler :

— D'aller en rang avec les soutanes, soyons juste, ça ne se peut pourtant pas!

Je repris :

— Pierre, si vous manquiez à ce devoir, vous seriez un lâche, et ce ne seraient plus les autres qui vous traiteraient de capon, ce serait moi.

Un peu de colère s'alluma dans ses yeux, mais le gros

mot qui lui venait à la bouche se perdit dans un sanglot
et il me saisit les deux mains en balbutiant :

— Vous êtes un bon homme, vous! Ah! pauvre Adèle!
C'est bien vrai qu'elle n'a plus de voix... Il n'y a pas de
dignité qui tienne! J'irai avec les calottes! J'irais, quand
ça serait avec des Prussiens!...

Jean eut de nouveau la parole coupée en ce moment par
le bruit d'un terrible combat, engagé derrière la tonnelle
entre Bonif et Béberthe.

Cette fois, il ne paraissait point que Bonif fût vainqueur, car il poussait à son tour un long cri de détresse.

Quand on eut séparé, non sans peine, ces deux éternels
ennemis, il fut constaté que Béberthe avait saisi Bonif aux
cheveux, par derrière, et l'avait terrassé à l'improviste.
Béberthe, interrogée sur les motifs d'un pareil attentat,
répondit à travers les hoquets de ses larmes :

— Ainsi! ce n'est pas moi qui ai commencé; il disait
que bon papa aimait mieux son papa Pierre que ma maman Marie, puisque bon papa ne parle jamais de maman
Marie à la maison!

— Et qu'elle m'avait dit avant ça, riposta Bonif, que
mon papa Pierre était un pauvre des rues et que sa maman
à elle était une belle dame... Ainsi!

— Maman, s'écria Béberthe, était la fille de bon papa,
au moins!...

— Mais pas la fille de marraine Madeleine, toujours,
c'est sûr!

Jean prit Bonif par l'oreille, ce dont Béberthe profita
aussitôt pour lancer ce dernier pavé :

— Chez nous, je suis chez nous, et toi pas!

Jean lâcha l'oreille de Bonif pour attraper Béberthe,

mais elle lui échappa en poussant des cris aigus où l'on
distinguait ces paroles :

— Bon papa aime mieux Bonif que moi, et bonne maman me déteste, je m'en irai en Amérique!

Elle s'était arrêtée à dix pas de nous, et regardait Jean
d'un air farouche. Bonif dit :

— Veux-tu que je te l'attrape, parrain?

Jean le repoussa si brusquement que l'enfant chancela
et vint tomber entre mes genoux.

— Ah! me dit-il tout bas et le cœur bien gros, cette
fille-là lui fait trop de chagrin... et moi aussi!

Et d'un seul élan, plus large que le saut d'un homme
fait, Bonif atteignit Béberthe qu'il *ceintura* de ses deux
bras, comme disent les lutteurs.

Loin de la battre, il essaya de l'embrasser, et comme la
petite résistait, j'entendis parfaitement Bonif qui lui
disait à l'oreille :

— C'est pour ton bon papa, fais semblant.

Et alors, Béberthe, sans hésitation, se jeta à son cou.

— Je ne suis qu'une vilaine! dit-elle. Bonif, mon petit
Bonif, tu vaux mieux que moi!

Ils formaient tous les deux un groupe charmant où il
y avait du sourire et des larmes, de la colère et du pardon,
de la candeur et un peu de diablerie.

Je regardais Jean, il était en extase. Il tourna vers moi
ses yeux baignés et me dit :

— Crois-tu à l'héritage des âmes? Bonif n'est que le
pauvre Pierre Blot, avant la visite de Tartufe, et avec quelque chose d'Adèle, peut-être, cette pécheresse martyre
que je n'ai pas connue; j'aime bien mon Bonif... mais
Berthe! ah! je l'aime trop celle-là, Bonif a raison! je

l'aime trois fois! Elle est Marie, l'amour de ma jeunesse,
ma femme, mon impérissable souvenir... elle est Marie,
l'autre Marie, sa mère, ma fille; la profonde, la douloureuse tendresse de l'été de ma vie; celle dont Dieu se servit
pour broyer toutes les forces de mon cœur et pour les
jeter en poussière sous les pieds du divin consolateur...
Et elle est Béberthe aussi, la petite fleur, née de la terre
d'une tombe; le reflet fidèle du passé, la vivante empreinte
de tant de joies et de tant d'amertumes; elle est tout ce
que j'ai chéri en dehors de ma famille à moi que je quittai
si jeune! Elle est toute la lumière et toute l'ombre de mes
anciens jours. Je n'ai plus qu'elle, à part Dieu et ma
vieille sainte, Madeleine, qui veille près de moi, par la
pitié de Dieu et qui est pour moi l'apaisement. le som-
meil, remède du souvenir!... Que sera-t-elle, cette petite
fille, qui est laide comme mes deux Marie et qui, comme
mes deux Marie, sera merveilleusement belle? C'est un
démon que sa première communion fera ange; mais
après? Tu vois, quand il s'agit d'elle, je raisonne contre
Dieu... Que sa volonté soit faite! je le dis bien, mais trop
tard et trop bas. Madeleine est la mère de mes autres
enfants, elle ne peut pas aimer Berthe comme elle aime
ses enfants. Et il faut que Madeleine protège Bonif contre
tous, même contre moi qui n'ai de cœur que pour Berthe,
à ce qu'on dit! Aurais-tu deviné qu'il y avait place où
mettre tant de choses dans ma tanière, outre notre poêle
et ma table aux bouquins?... Arrivez tous deux!

Ceci était adressé à Béberthe et à Bonif, qui s'appro-
chèrent aussitôt les bras entrelacés.

Mes enfants à moi les suivaient, prêts à demander leur
grâce, mais il n'était pas besoin de cela. Jean partagea

fort équitablement ses caresses entre les deux coupables pardonnés et leur demanda :

— Vous étiez donc encore aux écoutes?

— Que veux-tu? bon papa, répondit Béberthe, quand tu racontes, on fait ce qu'on peut pour t'entendre.

— Parrain, tu racontes si bien! ajouta ce serpent de Bonif.

Jean se tourna vers moi :

— Il est de fait, me dit-il, ayant Bonif sur un de ses genoux et Béberthe sur l'autre, que je te bourre de récits tandis que je ne leur en donne plus leur content à la maison. J'ai toujours idée, quand je bavarde avec toi, que je sème de la graine de livres... Allez jouer, mes bijoux, il y aura aujourd'hui une grande histoire.

— Vrai! s'écrièrent mes enfants, pour nous aussi?

— Pour tout le monde, à moins que votre papa n'ait assez de moi pour une fois. Voyons, as-tu quelqu'un à dîner?

— Non que je sache, répondis-je.

— Dînes-tu en ville?

— Non.

— Eh bien! envoie une dépêche à Madeleine pour lui dire que nous restons chez toi. Et en avant pour une partie de barres, vous autres! On vous avertira quand l'histoire viendra.

Les petits s'éparpillèrent comme une volée d'oiseaux.

Quand nous fûmes seuls de nouveau, Jean et moi, il me dit :

— Tu as eu le temps d'oublier la *première étape* de ma conversion.

— Je l'ai présente, répondis-je, comme si tu me l'avais racontée hier.

Il me serra la main avec un sourire ému et murmura :

— Je le sais, mais j'ai du plaisir à te l'entendre dire. Ta chère femme m'a avoué que tu avais raconté la *mort du père* à elle et à tes enfants. Il paraît qu'on a pleuré?

— Beaucoup. C'est fait pour ça.

— Non, ce n'est pas fait pour ça. Tu es trop jeune pour avoir connu M. de Barante au temps de sa vogue. Il avait rajeuni cette vieille sentence : *scribitur ad narrandum,* prétendant que la leçon ne se trouve point dans les réflexions de l'historien, mais dans la brutalité impartiale du fait tout nu. Tu penses quel succès il devait avoir auprès de ceux qui lisent en sautant des pages. Beaucoup de gens prirent la peine de réfuter son système, mais le flot d'encre s'arrêta quand il fut bien prouvé que M. de Barante dissertait comme tout le monde, quand il en trouvait l'occasion, et qu'il n'y avait rien au fond de son système nouveau, sinon cette antique ruse de crier : « Ne dissertons pas! » chaque fois que besoin lui prenait de disserter. Moi, j'avoue franchement que je me tairais si je n'avais rien à prouver; *scribitur ad probandum* serait ma devise, si je valais la peine d'une devise, et tout au plus, permettrais-je d' « écrire pour raconter, » à la condition de « raconter pour prouver. »

Je te l'ai dit dès le début de mon premier récit, j'ai voulu montrer, dans l'ensemble de mes souvenirs, la conversion, bienfait suprême de Dieu, ou plutôt Dieu lui-même marchant d'un pas mystérieux à travers les événements qui composent la vie d'un homme, déposant un germe sous chaque fait, profitant de tout bonheur, et principalement de tout malheur, pour jalonner la route que Dieu descend pour aller à l'homme, et que l'homme montera pour aller à Dieu.

Il n'y a que Dieu là dedans. Et s'il m'arrive d'intervertir l'ordre des temps comme je le fais ici en te parlant de Pierre Blot dont l'aventure, postérieure à ma conversion, ne devait pas entrer dans mon cadre, c'est que Pierre Blot, selon l'ordre symétrique de mes idées, correspond à Tartufe-païen, et que Tartufe-païen fut, après Dieu, le plus puissant ouvrier de mon salut.

La miséricorde divine, en effet, prend les cœurs tels qu'ils sont. La charité convertit les belles âmes; les autres, et la mienne n'est pas belle (ô Jésus! vous le savez), ont besoin que le mal, manié providentiellement, les suscite par cet envers de la générosité qui se nomme l'indignation.

La haine instinctive que j'ai de la couleuvre m'a servi autant et peut-être plus que mon dévouement trop tiède pour le pauvre animal qu'elle dévore.

Je connaissais Tartufe avant de rencontrer Pierre Blot. Tartufe m'avait déjà arraché des larmes de sang, et je portais le deuil de ma fille martyrisée...

Mais qu'ai-je besoin de défendre ma chronologie? Ce n'est pas un livre tout fait que je t'apporte, c'est ce qu'il faut pour faire le livre du voyage de Dieu à la recherche d'une âme. Tu disposeras comme tu voudras ces pierres et tu tailleras à ta guise.

Je te disais que notre premier épisode, *la Mort du père*, n'était pas fait pour provoquer cet attendrissement un peu banal qui nous prend au théâtre, et qui se traduit par un torrent de pleurs contagieux, humectant à la fois trois

cents douzaines de mouchoirs qui sont venus là avec le
parti pris de se mouiller, et qui s'en retournent mécon-
tents si on ne leur livre pas le poids de larmes corres-
pondant aux prix des places. De tous les jeux de plume
odieusement faciles, tu sais bien que le plus ignorantin
est celui qui consiste à mouiller le linge de poche des spec-
tateurs du dimanche au boulevard. Il y a des gens que
l'exploitation de « la larme » a élevés au rang de notables
commerçants littéraires, et qui ne seraient pas capables
de répondre à l'examen des élèves de huitième, au collège.

De notre temps, hélas! les larmes, ces perles du cœur,
sont avilies comme toutes choses, par le trafic, et je m'en
méfie.

Non, le récit de la dernière heure de mon père n'est pas
« fait pour ça », ce n'est pas une plainte, c'est un chant
d'actions de grâces. Ce n'est pas même « le soir d'un beau
jour », c'est l'aurore d'un jour splendide.

Et voilà pourquoi précisément cette étape marque d'un
jalon si éclatant, éclatant comme un phare, le chemin de
mon retour à l'espoir; c'est que l'heure vint une fois, où,
au milieu d'une immense défaillance de tout mon être et
dans la nuit qui m'enveloppait, je vis luire ce sourire du
passé, cette mort blanche comme un baptême, et que je
me dis : je sais où est le port et je connais le courant qui
conduit à ce port.

De cette pensée à la volonté de me laisser dériver vers
le port, moi débris, moi épave, il n'y avait qu'une larme,
et Dieu l'exprima toute brûlante de mon cœur pour la
mettre sous ma paupière : mais une vraie larme, et qu'on
ne saurait monnayer pour le théâtre... Il paraît qu'au moment où tu achevais de leur traduire mon récit, tout le

monde, chez toi, t'a demandé la suite et que tu as répondu
avec mauvaise humeur : « La suite, je ne la sais pas, ce
bêta de Jean m'a laissé là le bec dans l'eau... »

Je voulus protester contre le mot bêta; Jean m'arrêta
d'un geste plus grave.

— On n'a pas tous les jours la clef du tiroir aux souvenirs, me dit-il. C'est un état de grâce qui vient à son
heure. Aujourd'hui, je comptais parler à tes enfants et
aux miens de leur première communion. Voilà le grand
jour qui approche pour tout ce cher petit monde. Y
pense-t-on assez chez toi? Au lieu de cela, je vais leur
parler de ma première communion à moi, ce qui vaudra
peut-être mieux. Mais auparavant, il faut que je finisse
Pierre Blot et sa couleuvre. Reprenons.

J'eus véritablement quelque peine à empêcher Pierre
de se suicider; il y tenait par une manière de point d'honneur et se représentait Adèle l'attendant sous je ne sais
quelle forme, en je ne sais quel lieu; car ils ne croient à
rien, c'est vrai, mais ils croient à tout, explique cela si tu
peux.

Ils nient l'immortalité de l'âme et vont au cimetière
causer avec... avec quoi, alors?

Après l'enterrement où Pierre fut parfait de décence,
de sentiment et même de respect, il resta tout le surplus
du jour à causer avec Adèle, au cimetière. Je fus obligé
de l'y aller chercher après la nuit tombée.

Il parla un peu de se jeter à l'eau le lendemain matin,
au pont de Suresnes. La persistance que je mettais à
m'occuper de lui l'étonnait et le touchait. Quand je lui
dis que je restais encore toute la journée à Nanterre, il me
remercia presque chaleureusement, car il devinait bien

que c'était à cause de lui. Il coucha chez la bonne dame
et embrassa Bonif en pleurant. Madeleine lui dit :

— Ce chérubin-là est peut-être plus avancé que son
père. Etes-vous seulement baptisé, vous?

Et Pierre répondit :

— A l'âge où ça se fait, je n'étais pas capable de me
défendre. J'ai dû y passer, bien sûr, et ce n'est pas ma
faute.

Il dit cela sans rudesse et poliment. Il y avait désormais
un lien entre lui et nous, indépendamment même de
Bonif : c'était le souvenir d'Adèle.

Moi je dormis encore chez mon ami le docteur, qui
m'entreprit très sérieusement au point de vue politique,
pour me dire que l'ordre social avait deux venimeux ennemis : Pierre Blot et moi, les radicaux et les cléricaux;
deux catégories de malfaiteurs également nuisibles, les
uns obéissant au diable, les autres à Dieu. Pour bien faire,
il faut louvoyer entre Dieu et le diable, toute sagesse
étant dans le milieu; telle était la philosophie du docteur.

A force de louvoyer ainsi, ces bonnes gens, les libéraux,
finissent toujours par rencontrer l'écueil du despotisme
ou celui de l'anarchie et s'y échouent en criant tantôt
vive l'ordre! tantôt vive la liberté! Le docteur admettait
bien cela, pour le passé, mais il était sûr de l'avenir qui
appartenait à la bière de Nanterre.

Je m'amusai à lui prouver que Pierre Blot était fils
naturel de sa petite chanson matérialiste à lui, docteur;
que moi, homme noir, je passais ma vie, depuis quatre
cents ans, à défendre l'autorité, c'est-à-dire la patrie,
contre les factieux de tout poil et qu'à chaque révolution,

11

les libres bourreaux me donnaient des coups de hache ou
de fusil pour célébrer le triomphe du progrès; mais il
m'appela « sangsue du peuple », et me déclara qu'on ne
m'avait encore ni assez guillotiné ni assez fusillé.

— Sans vous, me dit-il, ou plutôt sans Dieu, qui est un
excès, et mon beau-frère, qui est son prophète, le monde
irait, puisque son métier est d'aller. Je ne veux ni guil-
lotine, ni fusillade, je ne ferais pas de mal à une mouche;
mais tant que mon beau-frère ne sera pas ficelé comme un
colis et mis sous bâche, jamais nous n'aurons la paix en
France!

C'était un gai caractère. On ne savait s'il se moquait
ou s'il exprimait sa pensée sincèrement, mais cela n'empêchait point de voir le fond de sa doctrine; pour lui la
France s'incarnait dans la brasserie de Nanterre fré-
quentée par la « classe éclairée », tous braves bons-
hommes, sachant lire dans le journal qui vend du prêtre
cuit au détail, tous libéraux, tolérants, généreux même,
dès qu'il ne s'agit ni de Pierre Blot, ni de l'homme noir,
ayant une peur affreuse des brigands, mais abhorrant les
gendarmes, frondant le gouvernement, caressant l'émeute
qui leur donne la chair de poule, très fiers de leur aisance,
se défiant de plus pauvres qu'eux, haïssant plus riches
qu'eux... Yvetot en un mot : le royaume, la paroisse, la
république d'Yvetot! Tout l'esprit, tout le cœur d'Yvetot,
toute la politique et toute la poésie de Béranger, Pindare
breveté d'Yvetot, pantoufle montée en lyre, muse cou-
ronnée de laurier-sauce et dont l'auréole est un bonnet de
coton tout enrubanné de flonflons malpropres... Ne riez
pas de Béranger, ni de sa bouteille, ni de sa treille, ni
de son libéralisme, ni de sa lubricité, ne riez pas d'Yvetot!

En France, dans la patrie de Corneille et d'Hugo, Béranger est le poète « national ». Yvetot peut devenir la capitale de la France...

Or, comprends-moi bien, Pierre Blot est une amère douleur qui hait Dieu et qui blasphème contre Dieu : on peut causer avec Pierre Blot, — jamais avec Yvetot, qui est une obésité sans haine et sans amour, un ventre, une chanson, une chose qui ne s'inquiète même pas de Dieu!

Le docteur et moi, nous sommes toujours restés bons amis. On l'a décoré; il ne veut plus qu'on dise du mal de l'ordre établi. Tout au plus donne-t-il encore de temps en temps, du fond de la brasserie d'Yvetot, un « avertissement » au gouvernement, pour l'engager à se défier du cléricalisme. Il a envie de la rosette. C'est lui qui a fait et c'est lui qui fera toutes les révolutions, — à cause de son beau-frère.

Et Mazagran? Ah! celui-là, c'est une autre paire de manches. Ce n'est jamais pour un bout de ruban qu'il devient conservateur. On l'a nommé député; en vérité, on l'a nommé bien autre chose. La dernière fois que Pierre Blot vint voir Bonif, il arriva chez moi tout éclaboussé par l'équipage ministériel de Mazagran, et il me dit en se brossant : « Ah! le farceur! Il a mis les tyrans dehors pour avoir leurs souliers, leur chemise et leur redingote! tout va toujours de même, depuis sa dernière barricade, sauf que c'est lui maintenant qui paye les sergents de ville! »

Ce qu'il y a de plus curieux, c'est que Pierre Blot n'en veut point à Mazagran pour cela. C'est l'histoire naturelle du crapaud qui aime, malgré tout, la couleuvre; évidemment il plaît à Pierre Blot d'être berné par Mazagran, et dès que Mazagran néglige de le berner, Pierre Blot a soif de Mazagran comme d'absinthe. Je crois même qu'en fait de poison, il préfère Mazagran à l'absinthe : ça abrutit plus vite et mieux...

Jean se tut sur ce mot et je lui demandai :

— En fin de compte, as-tu converti Pierre Blot?

— Oh! oui, me répondit-il, plus de vingt fois! Tu ne te fais pas idée de l'étoffe qu'il y a chez ces malheureux-là, pour le bien comme pour le mal; mais Mazagran ou ceux qui le remplacent dans les réunions, quand Mazagran a une fois « fait son affaire », finissent toujours par l'emporter à cause du vice.

Le vice est la fatalité des pauvres.

Pierre Blot ne se jeta point à l'eau sous le pont de Suresnes, ni ailleurs, il accepta même la place de gardien du cimetière, et s'y tint tranquille pendant près de deux mois.

Il venait voir Bonif tous les huit jours, à Paris, et Madeleine me disait : « Monsieur, il vaudra mieux que toi et moi, quand il aura fait ses pâques. »

Et vraiment, il fut bien souvent sur le point de les faire. Une des religieuses de Nanterre l'avait entrepris : il avait pour elle une affection qui ressemblait à un culte, et il m'aimait assez moi-même, mais arriva le scrutin mémorable qui a fait de Mazagran un homme d'Etat.

C'était peu de temps avant la guerre : l'hégire de la chope s'ouvrait. Le boulevard, ce mauvais lieu, las d'élégances, lavait son linge au ruisseau. *Figaro* achetait un crochet, empruntait une hotte et allumait une lanterne pour chercher sa vie dans les tas. Le *Journal des Débats* lui-même, essayant de séniles faridondaines, apprenait l'art de culotter des pipes dans le cabinet des **Bertin** décédés.

La France titubait parce que Mazagran ivre **avait** exhumé au cimetière Montmartre un vieil orgue de Barbarie qui savait grincer la *Marseillaise*.

Pendant trois semaines, Pierre Blot but la politique verte. Il quitta sa place, et la maladie d'absinthe le reprit.

Longtemps il végéta, vivant de misère. De temps à autre il revenait à Nanterre voir la bonne religieuse, qui mourut avant lui.

C'est là que nous vîmes son cœur. Il tomba tout d'un coup et vint grelotter la fièvre chez nous, où Madeleine le soigna comme une mère. Il mêlait ensemble le souvenir d'Adèle et celui de la religieuse. A sa manière, il priait quelquefois; d'autres fois, il blasphémait comme à plaisir, et se vantait de la rancune qu'il gardait à Dieu.

Quand il racontait ce qu'il avait souffert en sa vie, c'était en vérité à faire pitié : un martyre plat, continu, sans dévouement ni résignation, la maladie, la faim, le froid, la colère, l'envie! Et jamais un atome d'espoir!

Pas une consolation, pas une compensation!

Pas même un brin de confiance en ceux qui lui avaient arraché le cœur!

Ecoute! quand ces victimes de la stupide ambition de Tartufe-Catilina ne deviennent pas positivement des malfaiteurs, il faut les remercier et les admirer.

Pierre se guérit et il partit, puis il revint encore pour partir de nouveau et revenir et repartir.

En dehors de l'absinthe, il était sobre comme un dromadaire et vivait de rien. On fut très longtemps à le tuer.

Enfin, un dimanche matin, le médecin en chef de l'Hôtel-Dieu, qui était resté notre ami, après ma débâcle, *rara avis*, monta mes étages et me dit :

— Est-ce vrai que tu es le camarade d'un affreux gredin du nom de Pierre Blot?

— Je suis, répondis-je, mieux que son camarade. Nous avons frotté nos nez l'un contre l'autre, comme les sauvages de Madagascar quand ils font alliance, et nous sommes frères en misère. Est-ce qu'il est malade?

— Oui, d'une demi-douzaine de maladies mortelles. Il nous est arrivé ivre dimanche soir et sans connaissance. Quand on l'a ranimé, il a fait peur à tout le monde; et l'interne de service, qui n'est pourtant pas un chérubin, s'est sauvé, tant il était incommodé par les infamies que ce misérable vomissait à pleine bouche!

— Ça ne m'étonne pas, dis-je, et pourtant il n'est pas si méchant que bien d'autres.

— C'est ce que prétend la sœur Vincent qui est restée seule avec lui. Brave fille, mais portée comme toi à la sévérité envers le commun des pécheurs et à l'indulgence vis-à-vis des scélérats.

— Tout dépend de ce qu'on entend par « scélérats » et « commun des pécheurs ». Jésus fut mis en croix par des gens très bien posés, et il y eut au moins un des deux larrons qui ne contribua point à son supplice. Mais Pierre Blot n'est même pas un larron. Il n'a sa lèpre qu'à la peau.

— Tant que tu voudras, mais cela se gagne!

— Est-ce qu'il est en danger de mourir?

— Ce matin, oui.

— De laquelle de ses maladies?

— D'aucune. On va lui faire une opération nécessaire, mais très grave, qui vraisemblablement l'emportera; c'est pour dix heures.

— Et il a demandé à me voir?

— Il a dit : « Quand même celui-là serait sur le flanc, il viendra, s'il espère m'engluer au dernier moment. »

Mon savant et illustre ami riait en disant cela.

Je pense qu'il riait de ce pauvre diable et de sa fatuité. Quel intérêt pouvait-on bien avoir à l'*engluer*, celui-là?

Madeleine, qui écoutait sans faire semblant de rien, s'approcha et me dit :

— Monsieur, je vas aller avec toi, si tu veux; c'est le père de Bonif.

— Il a parlé aussi de ma commère Madeleine! s'écria le docteur. Bonjour, Madeleine! Et il a parlé de Bonif. Si ma voiture peut entasser tout ça, partons!

Jean fit une pause à cet endroit. Ses yeux étaient fermés à demi, et depuis quelques instants il parlait avec distraction.

— Je regarde en dedans de moi, un peu, me dit-il, à cause de l'histoire que j'ai promise aux enfants. Celle du pauvre Pierre Blot est presque finie. Ce ne fut pas moi qui l'engluai, ce fut Bonif, qui n'avait pourtant rien d'un apôtre.

Bonif arrivait à ses cinq ans; c'était un beau petit gars, méchant comme une teigne. Sa présence à la maison avait fait naître un peu d'embarras dans notre vie de famille.

J'en dirai autant des sorties que Berthe faisait chez nous. Ce n'était pas du tout intérêt ou avarice de la part de nos enfants à moi et à Madeleine, car Bonif ne coûtait rien; l'adjoint de Nanterre, tout décrété de félonie qu'il était par le docteur « éclairé », son beau-frère, envoyait chaque mois plus que Bonif ne mangeait, et quant à Berthe, elle était élevée aux frais de la famille de Moy; mais nos garçons et nos filles, qui avaient été obligés de se disperser après mon naufrage, éprouvaient un sentiment de mauvaise humeur en voyant que d'autres tenaient leur place auprès de nous.

J'ai dû te dire qu'ils étaient tous au loin. J'ajoute ici qu'ils étaient tous placés assez bien. Deux des filles étaient mariées; deux des garçons aussi. Le troisième garçon et la troisième fille, trop jeunes, travaillaient chez autrui, mais dans d'heureuses conditions.

Comme il n'y avait pas où les mettre ensemble dans ma tanière, ils venaient par couples, et Dieu sait s'ils étaient bien accueillis! Aucun d'eux n'était riche; il n'y en avait aucun de pauvre, et j'ai la consolation de pouvoir dire que leur modeste bien-être venait encore de moi, pour un peu, puisque mon reste d'influence les avait tous casés depuis le premier jusqu'au dernier.

Dieu m'avait frappé sévèrement, c'est vrai, mais sa miséricorde avait adouci le choc pour ceux qui m'étaient chers. Je ne leur donnais rien parce que je ne possédais rien, et aussi parce qu'ils n'avaient besoin de rien, mais ils tenaient tout de moi.

Ceci a l'air d'une plaidoirie, et c'en est peut-être une, car j'ai été accusé de m'être réfugié dans « l'égoïsme des anachorètes », dans la « fainéantise catholique »; on a dit que j'avais abandonné mes enfants.

Voici la première fois que je me défends. Ce sera la dernière.

Tant que j'ai eu un seul de mes enfants désarmé contre les besoins de la vie, j'ai forcé ma plume à marcher, ma misérable plume qui ne marquait plus sur le papier! Quand j'ai arrêté d'écrire, c'est qu'il ne restait chez nous à jeûner que Madeleine et moi.

Sommes-nous morts de faim l'un ou l'autre? Non; et il y a encore des pauvres gens qui mangent les miettes de nos miettes. Je suis levé tous les jours à cinq heures du matin. Je visite pour l'assistance publique jusqu'à six heures du soir. On me donne pour cela cent francs tous les mois. Je te défie d'en tirer seulement moitié de ma plume!

Et je prêche par-dessus le marché, et il y a des trimestres où je touche plus de cinquante francs pour mes bavardages. Ah! ceci, c'est à mes pauvres! J'ai « mes pauvres » comme au temps où le public me payait mes rapsodies cent mille francs par an!

Que Dieu est bon! que Dieu est bon! Pourquoi un vaincu comme moi, comblé de paix et craignant de souffrir trop peu au pied de la croix, ne peut-il faire l'aumône de son bonheur aux vainqueurs de ce monde? Car je sais ce qu'ils endurent, puisque j'ai été vainqueur et torturé par ma victoire. — Mais comme j'aurais repoussé loin de moi celui qui m'aurait dit, en ce temps-là, que je mettrais ma félicité la plus chère à briser mon orgueil qui était ma vie même, la vie de ma vie!...

Et l'ai-je brisé, vraiment? Seigneur, arrachez de moi jusqu'à l'orgueil d'écraser mon orgueil!

Nous arrivâmes à l'hôpital, Madeleine, Bonif et moi, comme on allait commencer l'opération. Le chirurgien était déjà à son poste. Le docteur nous laissa dans le

corridor, bien que Bonif eût grande envie de voir. A
cinq ans, les enfants n'ont ni la notion de la mort, ni
même celle de la souffrance.

Madeleine priait. Moi, je demandais à Dieu ardemment
le mot qui fond les cœurs et réduit les consciences.

L'opération dura de quinze à dix-huit minutes.

Ce fut, à ce qu'il paraît, un chef-d'œuvre d'opération
et qui réussit de la façon la plus absolue. Le docteur en
était tout ému quand il vint nous chercher.

— Défense de rester plus de trois minutes avec le
malade, nous dit-il, et je fausse la consigne en vous
permettant de le voir; c'est un grand, grand succès, vous
reviendrez demain. Ce bonhomme-là va être mis dans les
journaux. Il n'a ni juré ni grogné, quoique le chloro-
forme n'eût rien fait sur lui. Il est de fer.

Pauvre ami Blot! triste fer! mangé de misère et de
vice, ces deux rouilles entretenues par l'horrible industrie de ceux qui vivent de haine et qui mourraient subitement si la grande famille française, apaisée dans son
cœur par miracle, cessait de livrer à leur exploitation la
folie de ses colères!

Quand nous entrâmes, Pierre était couché bien blan-
chement. Je ne le trouvai pas changé; depuis que je le
connaissais, il n'avait jamais changé. La sœur de charité
était en train de border son lit et lui faisait compliment
de son courage.

— Je savais bien qu'on viendrait de chez nous, me
dit-il, sans presque remuer les lèvres. Je suis rudement
fort, mais c'est égal, de cette fois-ci j'ai idée que je vas
partir pour la Syrie.

— Voulez-vous avoir M. l'aumônier? lui demanda la

sœur de charité qui, à considérer le calme qui s'était fait
en lui depuis la veille, le regardait presque comme un
converti.

— Merci, répondit-il avec bonne humeur, on n'en use
pas pour le moment.

Et il ajouta en clignant de l'œil à mon adresse :

— Elle n'en sait pas plus long!

La sœur, qui était pour se retirer, revint vers lui et
baisa la croix d'un chapelet qu'elle avait tiré de sa poche
en disant doucement :

-— C'est vrai, je ne sais que cela.

Et elle lui tendit la croix.

Pierre ne bougea pas et rabattit ses paupières sur ses
yeux, mais sans bravade.

La sœur enleva Bonif dans ses bras et le baisa. L'ayant
remis à terre, elle déroula son chapelet, qu'elle lui passa
au cou comme en se jouant.

— Je vois d'ici l'histoire, murmura Pierre Blot, qui
secoua la tête en souriant; on va m'entortiller là-dedans,
dès que je ne pourrai plus me défendre!

Il avait l'air narquois, mais bon enfant. La religieuse
s'éloigna dès qu'elle eut vu Bonif porter la croix du
chapelet à ses lèvres.

Quelque chose me serrait puissamment le cœur.

Je ne sais pas si j'ai jamais senti la présence de Dieu
avec plus de force qu'à cette heure-là.

Madeleine et moi, nous nous approchâmes, et Madeleine
prit la main de Pierre. Nous étions seuls. La visite médi-
cale continuait en s'éloignant de nous. A quelques pas,
dans l'embrasure d'une fenêtre, il y avait un tout jeune
homme qui écrivait sur ses genoux.

— C'est celui qui rédige pour le journal de médecine, me dit Pierre; c'est pressé; ça paraît demain. Il y a dix ans qu'on n'a vu une si belle opération, à ce qu'ils disent!

Sa voix sortait très creuse, mais il parlait nettement. Il retira sa main à Madeleine pour me la tendre, et dès qu'il eut la mienne, il la serra, j'allais dire vigoureusement.

Certes ce n'était pas la poignée de main d'un moribond.

— Elle est allée me chercher la soutane, me dit-il en parlant de la sœur. C'est une bonne fille, mais trop bête... A cette heure-ci, Mazagran déjeune au ministère à quarante francs par tête... farceur! Il a du talent, et il faut bien des chanceux comme lui pour faire la noce avec le malheur de tous ceux qui souffrent... Pourvu que cette vieille gueuse de société ne l'englobe pas en lui donnant son content à manger et à boire. Ça coûtera cher à la société, mais elle n'a qu'à y mettre le prix, et il se fera tout, même gendarme... Tiens! voilà le petit hâte-mort qui a fini d'écrire comment j'ai été *guéri*...

Il n'y eut pas plus d'amertume dans l'ironie de cette dernière phrase, que dans ce qui concernait Mazagran, et Pierre reprit tout de suite après :

— J'étais fort, mais tout s'use... Donnez-moi « l'hanneton » à embrasser.

Ce fut moi qui pris Bonif, et pendant que je le soulevais, les grains soonores du chapelet de la religieuse se choquaient et chantaient.

Pierre fronça le sourcil un petit peu, pas beaucoup, et il dit en regardant Bonif :

— Le voilà qui est tout le portrait de pauvre Adèle!

— Monsieur, murmura Madeleine, avec un mot comme

tu sais les dire, on enverrait cet homme-là tout raide chez
le bon Dieu!

— Pierre, demandai-je, entendez-vous ce que dit ma
bonne femme?

Il embrassait Bonif comme jamais il ne l'avait fait.

— Et vous souvenez-vous, ajoutai-je, de ce que je vous
disais autrefois, moi : « Vous êtes tout près de Dieu; il
n'y a que Dieu qui ait souffert plus que vous... »?

— S'il voyait clair, votre bon Dieu, grommela-t-il,
est-ce qu'il laisserait Mazagran faire son ouvrage?...

Madeleine parla tout bas à l'oreille de Bonif, qui prit
à deux mains le chapelet de la sœur et le passa au cou de
son père, d'un seul temps, avec la gracieuse adresse des
enfants.

Pierre resta étonné; il essaya de rire encore, mais sa
lèvre résista, elle était rigide.

— C'est bête, dit-il, de profiter qu'on n'en peut plus...
Mais ça ne fait pas de mal... ni de bien non plus... Ah! si
c'était vrai que quelqu'un a souffert plus que moi pour
moi, et qu'il est mort pour me faire aussi heureux ailleurs
que j'ai été malheureux ici, quand même ce serait votre
bon Dieu, je le remercierais... Mais cherche! De la peine!
Et puis de la peine! Et encore après, de la peine! Voilà
tout ce que j'ai eu sur la terre! On ne peut pas croire à
ce qui n'a pas le sens commun!

Je répondis :

— Pierre, votre peine de la terre est votre richesse dans
le ciel. C'est vrai que le grand Dieu est mort pour vous!
C'est vrai! oh! je vous le jure! c'est lui, c'est votre Sauveur
qui parle au fond de votre conscience ébranlée. Mon ami,
mon cher ami, ne vous raidissez pas! voyez, croyez,

aime! Le voici, martyrisé par vous, voilà les cinq plaies
de son corps et de son cœur qui saignent le sang de votre
rachat, à cette heure mille fois plus précieuse pour vous
que la réunion de tous les siècles. Regardez-le! dites-lui
seulement : « Mon père! mon père! mon père! »

Il vint une bordure humide autour de ses paupières,
et de chaque côté une larme perla. Et sa bouche toucha
la croix volontairement, mais comme à regret. Je l'entendis avec une indicible surprise, je crus l'entendre du
moins qui balbutiait :

— *Mon père, je vous pardonne!*

J'éprouvai un choc. Pardonner à Dieu! Je m'écriai :

— Ce n'est pas cela! oh! pauvre ami, ce n'est pas cela!

Mais je m'arrêtai parce qu'une voix disait au dedans
de moi. « Il a appelé Dieu son père! Il a cessé de haïr
Dieu! Il aime Dieu! »

Il me semblait que je ressentais ma part de la joie de
Dieu.

A ce moment Pierre dit encore, et je fus seul à l'entendre, parce que Madeleine s'était éloignée à la rencontre
de la religieuse et du prêtre :

— Ma mère :

Je me penchai. Pierre parlait très bas, mais je pus
comprendre qu'il répétait encore :

— Je vous pardonne...

Ainsi, cette étrange pensée qui venait de traverser mon
esprit, le « pardon accordé à Dieu » était une illusion
(peut-être) née de ce fait que Pierre avait prononcé le
mot « mon père » tout de suite après moi, qui appliquais
ce nom à Dieu.

Ces autres mots « ma mère, je vous pardonne » donnaient un sens tout différent à ses premières paroles

Pierre avait parlé d'abord (peut-être) de son père
terrestre, puisqu'il parlait maintenant de sa mère; c'était
(peut-être) à son père terrestre qu'il avait d'abord pardonné...

Je veux dire tout ce qui était en moi à cet instant où je
me sentis chrétien par la charité, dans chaque fibre de
mon être, plus et mieux encore qu'aux autres heures de
ma vie si passionnément désireuse pourtant d'appartenir
tout entière à Dieu.

Pierre, dans ses longs jours de haine désespérée, avait
eu trois rancunes principales, dont deux, celles qui s'attaquaient à son père et à sa mère inconnus, formulaient sa
révolte contre la société. La troisième s'attaquait à Dieu
presque également inconnu, et ces trois ressentiments
mauvais, mais non pas inexplicables, avaient creusé
l'abîme de sa misère morale, bien plus profonde que sa
misère matérielle.

Il y avait des raisons de croire que son pardon de tout
à l'heure allait à cet homme et à cette femme, ses parents
ennemis qui, par leur trahison, l'avaient jeté en proie au
supplice des abandonnés, et alors Pierre, mon pauvre
Iroquois de Paris, avait franchi d'un seul élan, que l'on
peut dire prodigieux, le précipice qui séparait sa haine
invétérée, amère, ulcéreuse, la haine qui avait été toute
son existence, de la parfaite et divine charité!

Pierre était grand de toutes pièces et atteignait ainsi
du premier coup d'aile, comme il arrive souvent dans

l'adoré miracle de la bonne mort, à la sublimité, à la surhumanité chrétienne.

Etait-ce vraiment cela? Je ne sais.

On s'obstine à juger les hommes tels qu'on les a vus. J'avais vu un tout autre Pierre Blot. Je ne dis point qu'il n'y eût pas en lui quelque parcelle d'ange déchu. Là-bas, au Mont-Valérien, dans son sac, il m'avait fait peur, mais c'était surtout par la noire, par la désolante épaisseur de sa nuit...

Voilà que je retombe encore, en dépit de ma volonté, dans notre incurable littérature à toi et à moi; et il le faut pour que tu me comprennes tout à fait.

Le malheur de Pierre était d'espèce *plate*; rien ne le rehaussait; Dieu lui avait refusé tout, même le côté poignant et tragique de la torture qui aide tant au relèvement.

Cela est si vrai, que tu as dû te demander plus d'une fois pourquoi j'appliquais une pareille énergie de pitié à des déchirements si vulgaires.

J'ai prononcé le mot, et il n'y a pas d'autre mot : c'était *plat*, sauf un mauvais petit coin d'excentricité, ce suicide par l'absinthe, platitude double arrivant à produire l'étonnement particulier qui naît d'un excès de stupidité!

La poésie faisait défaut partout, et le prétexte à poésie; Pierre n'était même pas un coquin, loin d'être un scélérat lyrique. C'était un malheureux, et voilà tout, n'ayant rien en lui de ce qui fait explosion sous la violence d'un choc.

Et le choc violent manquait comme le reste.

J'avais donc peine à le croire grandi de la sorte soudainement, transformé, épuré jusqu'à l'admirable, jusqu'à l'invraisemblable miséricorde du fils délaissé, mort de son délaissement, à petit feu, et qui pardonne à son père et à sa mère, auteurs de cette angoisse aussi longue que sa vie!

Et qui leur pardonne de lui-même, en dehors de toute cause, présente ou sensible, sans que personne ait dit : « Il faut pardonner », sans les avoir retrouvés, ni vus, sans péripéties, par conséquent sans *drame* et par la seule puissance de la suprême illumination... Je te dis tout cela pour expliquer, pour excuser l'irrésistible attrait qui me courbait vers l'autre alternative, la première : *le pardon à Dieu*, non pas que cette idée soit moins étrange, au contraire, car elle épouvantait ma propre conscience, mais parce qu'elle me semblait plus voisine de la sauvage ignorance de Pierre, plus cousine de sa populacière fierté, et aussi sans doute parce qu'elle *était de moi*...

Quoi qu'il en soit, je renonce à te dire la profondeur de mon émotion et l'intensité de l'oraison qui jaillissait de mon cœur. Je baisai la main de Pierre qui tenait la croix. Il ne sentit point mon baiser ou du moins rien en lui n'indiqua qu'il eût perçu le contact de mes lèvres, ni l'eau de mes yeux qui était en gouttes sur ses doigts.

Je me retournai au bruit des pas de l'aumônier accourant avec la sœur.

Le masque de la mort était venu tout d'un coup sur le visage de Pierre, mais on ne pouvait se méprendre au mouvement de ses lèvres qui maintenant se collaient à la croix avec une ardeur volontaire et visible.

— Repentez-vous! dit le prêtre précipitamment, car il craignait d'arriver trop tard.

— C'est fait! murmura Madeleine derrière lui; c'était fait et bien fait, j'en réponds!

Elle en était toujours au *pardon à Dieu*, n'ayant point entendu les dernières paroles de Pierre Blot, qui se rapportaient à sa mère, et elle dut exprimer cette idée à sa manière d'une façon très nette, car l'aumônier s'arrêta et la regarda avec une sévérité pleine de stupeur, comme s'il eût entendu un blasphème.

Ma pauvre Madeleine n'est pas bien forte en théologie. Elle mit sa tête sur ses mains jointes, appuyées contre le pied du lit, et ajouta doucement :

— Allez, ne craignez pas, donnez-lui l'absolution! Est-ce que Celui à qui il a parlé n'entend pas tous les langages? Pierre a pardonné le mal qu'il a souffert et le mal qu'il a fait. Ça veut dire tout uniment qu'il veut être pardonné : la langue lui a tourné... Pensez-vous que la bonté du Cœur de Jésus soit en reste avec son pauvre cœur?

Moi, je priais de tout l'abandon de mon âme. Je ne savais plus, je ne voulais plus savoir... ou plutôt j'étais de l'avis de Madeleine jusque dans les entrailles de ma foi. Il me semblait voir le Cœur d'amour, doux et humble, et tout environné par les flammes qui changent le fumier en or pur!...

Jean fit une pause. Ses yeux cherchaient le ciel à travers le feuillage; son regard terne comme celui des aveugles qui voient, dit-on, à l'intérieur de leur âme, ne reflétait plus rien des choses d'ici-bas. Il resta un instant silencieux comme si la pensée trop vaste eût étonné en lui la parole. Le sang montait sous sa pâleur. Son être entier semblait vibrant, jamais je n'avais vu le recueillement transpirer ainsi hors d'un homme.

Tout à coup une larme vint jusqu'au bord de sa paupière.

— Ah! dit-il tout bas et d'une voix tremblante, j'ai peur de parler! je n'ose pas te dire le cantique de réconciliation chanté au-dedans de moi par le balbutiement, par le *lapsus* peut-être de cette ignorance *pardonnant* à l'infinie lumière de Dieu! Si je me trompais, que Jésus ait pitié! Je suis prêt à reconnaître mon erreur, mais c'était en moi comme l'éblouissement de la Charité suprême : Dieu aux pieds du pauvre, le Saint des saints suppliant le plus infime des pécheurs... Car *Dieu l'avait supplié!* J'étais sûr de cela! Et je voyais, inscrit dans la splendeur éternelle, ce pacte inouï, scellé d'un mot entre la toute-faiblesse et la Toute-Puissance, ce marché accepté du fond de l'agonie, sur un lit d'hôpital, par le misérable des misérables, je dis accepté, car il avait été offert, ce marché, du haut du ciel, par Celui qui remplit les mondes de la majesté de sa gloire.

Dieu! ô Dieu! Notre voie! Notre vie! Notre salut! Grand Dieu des compassions sans limites, Dieu de la croix, Dieu tout d'amour! Il vous avait pardonné, lui, le ver de terre, à vous, Dieu! Et ce pardon, si pauvre chose, rencontrant la richesse de votre immense pardon à vous, rejaillissait en torrents d'éblouissantes miséricordes!

Ah! que vous les aimez, Seigneur, ceux qui rampent, comme Pierre Blot, abattus sous les humiliations de ce monde! Ils sont si près de vous que leur moindre geste touche la blessure de vos pieds. Vous les égalez presque à vous, dans la belle partialité de votre tendresse, et il est permis de leur dire comme à Vous : *Sed tantum dic verbo...* « Dites seulement une parole », ô vaincus d'ici-bas! Vous avez un trésor tout amassé, ne le laissez pas perdre faute d'une parole!

O malheureux! ô malheureux! ô foulés aux pieds! Troupeau esclave, malmené par la rage des chiens de Satan, politiques, sociaux, littéraires, acharnés à votre perte, parce que votre perte est leur fortune d'un jour et qu'ils se guindent sur le monceau de vos tortures jusqu'à l'assouvissement de leurs aveugles ambitions! O misérables ardemment chéris de Dieu! vous êtes de toute éternité dans son cœur, et de toute éternité il abaisse vers vous les désirs de sa tendresse insatiable! Souffrants, indigents, dédaignés, gloires choisies, appelés avant tous, préférés, aînés, âmes parées des splendeurs nuptiales de l'agonie!

C'est pour vous que l'ange salua la Bénie entre toutes les femmes, pour vous que l'adoré mystère de l'Incarnation exhala le cantique des suprêmes triomphes entre les lèvres de Marie immaculée, — pour vous que Jean-Baptiste tressaillit de joie dans les flancs fécondés de la stérile, — pour vous que l'étoile éclaira les mages et que les bergers vinrent, instruits par les voix du ciel, autour du berceau d'humilité et de gloire où dormait votre roi, le seul Roi! — pour vous que Joseph, travail, modestie, chasteté, grandeur, obéissance, s'enfuit en Egypte avec le précieux dépôt, honte et honneur de sa maison, — pour vous que le divin Enfant grandit dans l'obscurité laborieuse, — pour vous que le précurseur nourri de jeûne et vêtu d'un cilice ouvrit la voie dans le désert, annonçant le Verbe

du Père, — pour vous, pour vous, pauvres gens, grands
prédestinés, que Jésus sortit enfin de son ombre, jonchant ses chemins de miracles; — pour vous, ah! pour
vous, qu'il tria douze disciples pareils à vous, pour vous
encore qu'il opéra tant de merveilles sur les corps et dans
les âmes de ceux qui vous ressemblent, purifiant, guérissant, ressuscitant, et vous couvrant de lui, et vous mêlant
à lui, et vous logeant au plus profond de lui, jusqu'à pouvoir dire en parlant de vous : « Ce qui leur sera donné
me sera donné à moi-même! »

O pauvres! ô riches de l'inestimable opulence qui est
dans le dénûment, dans la faim, dans la soif, dans le
froid, dans l'humiliation, dans les larmes, frères de Jésus!
fils de Jésus! favoris de Jésus! héritiers de sa croix, bénéficiaires de son précieux sang, cœurs inondés par l'eau
d'angoisse et d'amour qui jaillit de son côté ouvert par
la lance!

O peuple innombrable des vaincus, des déchus, des
souillés, des infâmes! vous à qui le ciel est si facile et
la terre si dure, vous qui êtes désirés, vous qui êtes
implorés d'en haut, comment se peut-il trouver parmi
vous un seul être assez insensé pour rejeter loin de lui
son divin patrimoine et pour échanger son droit
d'aînesse royale contre la fumée du plat de lentilles!...

A mesure que Jean me parlait, sa voix redevenait
sonore. Elle m'enveloppait et me baignait, pénétrante
comme la chaleur de sa piété si belle. Tout ce qu'il me
dit alors est en moi, et pourtant, je n'ai pas pu le rendre
tel qu'il me le dit. Peut-être ai-je eu tort même de

l'essayer. Jean avait une bouche d'or, mais il était de
ces éloquents que nul ne sait traduire.

Il reprit son récit et dit :

A une seconde question de l'aumônier qui sollicitait
une marque de repentir, Pierre, dont les yeux mouillés
parlaient, répondit par un mouvement de tête appréciable
et reçut aussitôt l'absolution.

Pendant que le prêtre en prononçait la formule, Pierre
eut un choc intérieur qui bouleversa ses traits si violemment, que Bonif, épouvanté, se rejeta en arrière, mais
ce ne fut qu'une passagère convulsion et, presque au
même instant, le malade parvint à soulever sa tête.

Il me regarda.

Je crus voir le nom d'Adèle errer sur ses lèvres, mais
il ne faudrait pas tout à fait s'en fier à moi.

Le mot « merci » sortit de sa bouche, cela, j'en suis
sûr, et le mot « Dieu »; et il pressa la croix du chapelet
contre sa poitrine, pendant que ses yeux priaient.

Nous étions tous à genoux.

Il y eut, comme le dit Madeleine, « un vent de clarté »
qui passa sur lui, et Bonif frappa ses petites mains l'une
contre l'autre en criant :

— Papa est guéri!

En ce moment la tête de Pierre Blot retomba sur
l'oreiller et il dit par trois fois, d'une voix qui fut enten-
due jusqu'aux extrémités de la salle, l'invocation même
que je lui avais dictée : « Mon père! mon père! mon
père! »

Et ce fut fini de lui sur la terre; Madeleine l'embrassa
et lui ferma les yeux.

Cette mort ne souriait pas comme la dernière pensée
de mon père.

Mais il y avait au front de ce délivré un rayon de repos
profond et d'austère béatitude.

Comme l'aumônier se relevait, une pauvre vieille
femme dont l'agonie se prolongeait depuis quarante-huit
heures, dans la salle voisine, appela, criant :

— Moi aussi, moi aussi! Je le veux!

Elle avait repoussé jusqu'alors les secours de la religion, accueillant le prêtre par de grossières invectives
chaque fois qu'il se présentait. Quand l'aumônier arriva
près de son lit, elle lui dit :

— Dieu est venu. L'homme a prié. J'aurai ma grâce
aussi.

Et elle se confessa dans les larmes...

Comme Jean ne parlait plus, je lui demandai d'un ton
très dégagé, car j'avais peut-être honte de l'émotion
extraordinaire qui me tenait :

—- Ah ça! faut-il entendre que tu regardes ce Pierre
Blot comme un saint?

—- Il faut entendre, me répondit-il, que je crois en
Dieu et en chaque parcelle de Dieu, si ce n'est pas une
impiété de parler ainsi, même par figure, de l'Etre absolu
et indivisible. Je crois à la riche part des déshérités, aux
joies promises à ceux qui pleurent, à la glorification des
humbles, à la céleste revanche des opprimés. Dieu est
partout, et le fait miraculeux de sa présence partout ne
peut être assurément ni amoindri, ni augmenté. Et pour-

tant Dieu *était venu* ici, quoiqu'il y fut déjà, repassant
au travers de lui-même, parce que Dieu plane, *plus présent* en quelque sorte, plus intime, plus pénétrant aussi
et plus enveloppant, par Jésus, à la fois Dieu et roi des
anges de Dieu, au-dessus de la suprème angoisse des
souffrants qui sont les hôtes de son divin Cœur. Je ne
suis certain que de la miséricorde infinie du cœur de
Dieu; et qui donc aurait l'audace de répondre précisément
à ta question? Sais-tu ce que c'est qu'un saint?... Mais
chaque fois que je récite le psaume *Laudate, pueri, Domi-
num,* je pense à Pierre et je le vois « suscité hors de sa
boue » (1) par la main du Blessé adorable dont le sang
répandu est un océan de grâces, et je vois le Père des
pauvres, le Roi de gloire, épris des attraits de la misère,
amener Pierre Blot, le dernier des derniers, « pour le
placer parmi les princes (2) de son peuple ». Je prie pour
lui, mais je le prie de prier pour moi...

Jean poursuivit après un silence :

— Pendant que nous traversions la salle pour nous
retirer, je m'aperçus que Madeleine n'était plus avec
nous. Bonif, que je tenais par la main, me dit :

— Elle est tout là-bas arrêtée avec un vieux.

Je revins sur mes pas. Madeleine parlait en effet à un
petit vieillard malingre qui n'avait rien sur sa tête dénu-
dée qu'une ficelle en bandeau soutenant un abat-jour
vert. Un séraphin blond tout en guenilles le menait, parce
qu'il n'y voyait pas à se conduire.

---

(1) *...ae stercore erigens pauperem...*
(2) *Ut collocet eum cum principibus... populi sui.*

Au moment où j'arrivais, il quittait Madeleine pour reprendre sa marche tremblotante vers le haut de la salle.

— Monsieur! oh! monsieur! me dit-elle, riant et sanglotant, c'est un *pauvre à Pierre Blot*, qui vient jusque de Courbevoie!

Bonif s'écria :

— Je le connais bien! c'est l'ancien noble! on lui portait la soupe du temps de maman Adèle, et il se fâchait quand la soupe n'était pas bonne!

— Il m'a donc arrêtée, reprit Madeleine, pour me dire bien poliment : « Madame, je ne peux pas lire les numéros, voulez-vous m'enseigner le lit de *Monsieur* Pierre Blot, qui a le 16. »

— Il a eu des mille et des cents, celui-là! fit Bonif d'un air important. Papa l'appelait « vieux jésuite », mais c'était sacré tout de même; fallait qu'il aie sa part de soupe!

Il en est de la société comme de la nature : c'est par en bas que se cachent les trésors.

Les gens qui regardent le drap luisant de ma redingote ont envie de sourire quand je parle de « mes pauvres », à moi! Et les gens ont raison : c'est drôle. Eh bien! *Pierre Blot était un de mes pauvres*, et PIERRE BLOT AVAIT SES PAUVRES!

Et faut-il ajouter que la justice de Dieu retourne sens dessus dessous l'échelle miraculeuse dont je te parlais tout à l'heure, l'échelle de charité, qui est l'échelle même du salut.

Chacun de nous, en définitive, sera récompensé selon la proportion exacte de l'amour dépensé, c'est-à-dire du sacrifice offert, et non point selon la valeur vénale de l'offrande.

Il y a tel sou qui vaut tous les milliards de l'univers!

Et il se trouve que Crésus, tant généreux qu'il soit, n'ayant jamais pu donner la moindre part de « son nécessaire », reste terrassé par son bien au pied de l'échelle, tandis que Pierre Blot, qui a eu faim de sa soupe partagée, est au sommet voisin du ciel et n'a plus qu'à dire tout bas quand vient le moment : « Me voici, mon Père, c'est moi! »

Depuis quelques instants, je voyais se former, du côté de la maison, la procession des futurs auditeurs de Jean. La partie de barres était finie, et les enfants, pressés de savoir, étaient allés chercher mes sœurs, ma femme, toutes les autorités qui avaient assez d'influence sur Jean pour avancer l'heure de l'histoire.

Jean restait pensif, cherchant peut-être un « mot de la fin » pour conclure son terrible parallèle entre l'opulence et la misère; il ne voyait point tout ce monde grand et petit qui arrivait le long de l'allée.

— Tiens! fit-il, quand il se vit entouré, en relevant les yeux, vous voilà déjà!

— Nous venons pour la *Première communion*, dit ma femme.

— On nous a promis la *Première communion*, ajoutèrent mes sœurs.

Et pendant que chacun prenait place sous la tonnelle, le plus près possible du conteur, le mot première communion glissait de tous les cœurs à toutes les lèvres, éveillant ici un souvenir profond, là une mystérieuse espérance, caressant toutes les âmes, mettant dans l'air ce

souffle enchanté : parfum d'encens et de printemps. de
ferveur et de fleurs, d'harmonie, d'abandon, de sacrifice
et d'allégresse, cette senteur d'exquise adoration, épandue
autour du festin où les enfants heureux sont servis par les
anges, cette haleine de Dieu mourant d'amour qui, pour
une heure qu'on la respire, embaume, pénètre, et ravit
tous les jours de la plus longue vie...

FIN DE PIERRE BLOT.

TABLE DES MATIÈRES

Impr. d'Editions, 9, rue Edouard-Jacques, Paris. — 11-26